BBN
B•BOY NOVELS

新人声優のオメガな初恋
―トランススペックラヴ―

温井ちよも

イラスト／ままじ

この物語はフィクションであり、実際の人物・団体・事件等とは、一切関係ありません。

CONTENTS

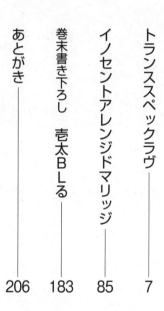

トランススペックラヴ

この世には第一の性別と、第二の性別がある。

第一の性別とは生を受けた瞬間に決まっている男女という性別。第二の性別とはアルファ、ベータ、そしてオメガという三つの性別。

世の中の大多数はベータで占められている。だが思春期を境にアルファやオメガへと成長する者がいる。

優れた才覚を持ち、高い社会的地位に就くことの多いアルファ。

標準的ヒューマンであるベータ。

発情期があり男女共に妊娠することができる生殖活動に秀でたオメガ。


医師はどう話を切り出したものかと白髪の混じった頭を掻《か》いていた。何度も椅子《いす》の上で体重移動を繰り返すものだから背もたれがギシギシと音を立て、向かい合う患者を追い詰めているのではないかと思う。

「未分化の君は生物として不完全な状態にある」

俺は男だ。

成人済みだが、第二の性別が定まっていない。

そんな俺のことを医者は未分化と呼んだ。

十代の頃から何度も聞かされてきた。未分化は遺伝子異常で引き起こされる。遺伝子配列が通常と異なる俺は難病を発症するリスクが高い。

医師は未分化である俺を医療で強制的に分化させることを勧めている。

頭では分かっていても、決断を下すには二の足を踏んでしまう。手術を受けるというリスクに加え、性別という自身の根底が変わるということが何をもたらすのか不透明な未来に不安しか抱けなかった。

自分が自分でなくなるのではないか、ひたひたと背後から迫ってくるまとわりつくものに思考能力を断たれる。

「君が思うほどアルファやオメガは悪いものではない。運命の番《つがい》と結ばれた彼らは、とても幸せそうだよ」

深く刻まれた皺《しわ》を緩ませ、医師は穏やかな顔になった。患者であった誰かのことを思い出しているのかもしれない。

アルファとオメガは生物学的に結ばれるべき唯一無二の伴侶、運命の番がいるという。

だが俺は恋愛には興味がない。結婚願望もない。これまでひとりで生きてきて不自由はなかった。

そもそも分化したとしても、運命の相手に出会える確証は何もない。

「いずれにしろ、君は選択しなくてはならない。手遅れになる前に、決断してほしい」

拳を握り、黙り込む俺に医師は力強く告げた。

セットした自慢のふわ髪が萎《しお》れてしまっているのが分かる。だが直す気力も暇もない。

新人声優、白岩壱太《しらいわいちた》はマイクの前で立ち竦《すく》んでいた。手にしたアニメの録音台本の表紙は汗で歪《ゆが》んでいる。ジーンズの後ろポケットに手のひらを擦《こす》り付けて何度も手汗を拭《ぬぐ》った。羽織ってきたグリーンのパーカーは早々に脱ぎ捨てて、後方に並ぶパイプ椅子に無造作にかけた。自宅で出勤前に時間をかけて眉《まゆ》を整え、髪をセットし、勝負服を選んだというのに着崩すことを余儀なくされ疲労困憊《こんぱい》、今朝の苦労も水の泡だ。くっきりとした目鼻立ちに少年のような幼さを残しており、甘いルックスだとメディアに取り上げられることもあったが、マイク前でげっそりしている横顔に、若さ溢《あふ》れる青年の面影《おもかげ》はない。

壱太と共演者がいるアフレコブースを隣のコントロールルームから見下ろしていた音響監督が見かねてブースの中へとやって来た。

「白岩さん。もっと必死にね、エミコ引き止めないと。エミコ死んじゃうからね。エミコッ！　ってこのセリフには、行くな！　って思いが詰まっているわけですね」

中年オヤジという言葉がぴったりの音響監督は、台本上の壱太に与えられたセリフをマーカーペンで指し示し、紙を叩《たた》く。音響監督の台本には「エミコッ！」と書かれた部分を強調するかのように何重にも丸が書かれていた。

たった一言であるが、重要なセリフなのだと再認識する。

「はい、もう一回お願いします」

『私立《しりつ》マゼンダ女学院《じょがくいん》』はごく普通の女子高生たちがロボットに搭乗し、日本征服を目論《もくろ》む悪の軍団と戦うアニメーション作品だ。壱太は主人公のエミコをサポートするマスコットキャラクター、シロロというロボットの役を演じている。全身真っ白な獣毛に覆われ、耳が生えた猫に似た外見をしている。頼りないエミコを公私共に支える人工頭脳を具《そな》えたしっかりもののロボットである。

エミコとのコミカルなシーンが多いシロロだが、本日の収録はいつもと違いシリアスな内容だった。壱太は先ほどから、勝ち目のない戦場へと無謀に飛び出していくエミコを止めようとして振り払われる演技で躓《つまず》いていた。

音響監督に背中を叩かれ、壱太は深呼吸をし、もう一度モニターを睨《にら》んだ。

作画途中のアニメーションはお世辞にも動画とはいえない。線画状態だ。色は付いておらず、白黒。画が全く準備されておらず、真っ白な部分もある。キャラクターの表情も分からない中、声優たちは演じなくてはならない。

それでも真っ白な画面の中、コマ送りでエミコの腕にしがみつき止めようとするシロロの必死さは十分に伝わってくる。

シロロの気持ちを声に乗せてぶつけなくてはならない。

「エミコッ……」

息を思い切り吸い込み、壱太は叫んだ。

しかし苦渋の声はシロロの必死の叫びではなく、うまく演技ができないという焦りと苛立《いらだ》ちの声だった。

画面の中のシロロは消えていき、重い無言の時間が流れる。壱太自身も、後ろの椅子に掛けて待機している共演者たちも、また録《と》り直しだと思った。

コントロールルームから音声が繋《つな》がり、音響監督の落胆の声が響いた。

「白岩さん、声出てないよ」

耳が痛い指摘だ。

喉《のど》が開かず、思うように声が出ない。

「すみません」

力なく謝る。何度録り直してもうまくいかない。

新人であるとはいえ芝居でお金をいただいているのだ、恥ずかしさと悔しさで消えてしまいたかった。

後方には共演者たち、作品の舞台は女学院につきベテランから若手までの女性声優たちが控えている。壱太のセリフにＯＫが出るまで彼女たちは待ち続けなくてはならない。先輩声優たちを待たせているという現状が壱太をさらに焦らせる。

コントロールルームでスタッフたちが話し合っている姿が見えた。これ以上リテイクを重ねるようならば居残り確定、他の共演者たちを帰してからひとり寂しく収録だ。もちろんスタッフは付き合わせてしまうことになる。

「壱太くんどんまい」

優しく声をかけてくれたのは主役であるエミコ役の女性声優だった。壱太の二年先輩であり、所属事務所に猛烈にプッシュされている若手注目株だ。壱太は笑い返したがはたして上手く取り繕《つくろ》えていたか分からない。

「イッチ、切り替えていけよ」

不穏な空気の中、場違いとも思える明るい声がかかる。所属事務所の先輩である田子《たご》ゆずるだ。ビジュアル系バンドのメンバーのような派手なメタリックのジャンパーを着て、真ん中の椅子に長い脚を大きく開き偉そうに座っている。

子役の頃から活躍している人気声優のひとりだ。壱太のことをイッチと呼ぶのは彼くらいだった。

高級腕時計をした手でオレンジがかった前髪を掻き上げる。一挙一動に香水の香りが漂ってきそうな貫禄《かんろく》と雰囲気がある。

彼はアルファであることを公言している。一度聴いたら忘れられない特徴的な声と、アルファの人を惹きつける麗しい見た目を利用して、声優でありながらタレント活動にも精を出し、幅広い層のファンを獲得していった。

声優が顔出しのない、裏方業と思われていたのも今は昔。

もはや人気商売であり、人気があるとないとでは、貰える仕事量に天と地ほどの差がある。

田子はこの作品では主人公エミコから好意を受ける謎の伯爵《はくしゃく》という重要な役どころを任されている。

「よし、俺様がお手本を見せてやろう」

田子は立ち上がり、壱太を下がらせて自らがマイク前に立った。共演者たちが何をするのだろうと注視する中、スタッフに映像を流すように合図をする。

モニターに再度シロロが映る。

田子は前髪を撫《な》でつけて舌なめずりをすると、壱太のセリフを叫んだ。

「エミコッ！」

彼がセリフを放つと空気が震動し、その場にいた全員の鼓膜が揺さぶられた。直接脳に響く声に全員が息をすることを忘れ、田子を見つめ硬直した。

演技が上手い下手というよりも、声に殴られたかのような衝撃に圧倒されひれ伏したくなる。

脳が痺《しび》れるようなヒリヒリした感覚を味わいながら壱太が呆然《ぼうぜん》としていると田子は目を細めて笑っていた。

これはアルファの田子だからなせる卓絶した技だ。声にアルファの持つフェロモンを乗せ、視聴者を惹《ひ》きつける。そのカリスマ性にある者は心酔し、ある者は妬み焦がれる。キャラクターの人気、声の芝居の力、そしてアルファとしての存在感が加わり、田子が作品に関わることにより爆発的な認知度と人気が高まる、唯一無二のアルファ声優だ。

「……手本って、俺には真似《まね》できません」

先輩の才能は素晴らしいと思うが、壱太にそんな能力はなかった。

「そうかな。イッチにもできると思ったんだけど」

田子はとぼけた顔をしている。彼なりの後輩への励ましなのだろうか、本気で言っているようだったが、今の壱太には圧力にしか聞こえなかった。

「じゃあ、基本に立ち返るしかないぞ、イッチ」

田子はモニターの前に移動すると両手を広げマイク越しに壱太に向かって呼びかけた。

「俺に向かって思い切り叫ぶといい！」

アフレコブース内で一瞬、どよめきが起きた。壱太は台本を持ったまま固まった。

声だけの演技がうまくいかない時は、身体を動かして状況を再現してみる。養成所で習ったことである。確かにアルファの田子のように人の本能を惹きつけることは壱太にはできないが、身体を動かして体現することはできる。

田子をエミコの代わりだと思って、止めようとしろということだが、今ここでそれをやれと言われると羞恥心《しゅうちしん》が勝った。これまでの収録で出演声優たちは誰一人アフレコブース内で身体表現を用いて演じた者はいない。

彼らは声の役者であるのだから。

田子のやり方は正しい。羞恥心は捨てて真摯《しんし》に演ずることに向き合うべきだ。だが、女性たちに笑われて悪目立ちをしていることを田子は楽しんでいる節があり、壱太はいいように田子に遊ばれているような気がして、この偉大な先輩が大の苦手であった。

しかし、嫌ですとは言えない空気だ。田子は大先輩であるので逆らえない。

田子をエミコだと思って叫ばなくてはならないのか、覚悟を決めて「お願いします」と口を開きかけた。

「田子さん、そこ、退《ど》いてください」

低く、落ち着いた声。

重いドアを開けて壱太と田子の間に割って入って来たのは、ミキサーの永久井駿也《ながくいしゅんや》だった。

コントロールルームにいるはずの彼が突然現れたことに、壱太も田子も驚いていた。

田子は永久井の勢いに押され、マイクのコードを軽くジャンプして避《よ》け、壱太の前から消えた。

代わりに永久井が壱太の前にあったマイクに手を伸ばし、スタンドマイクの中間にある接続部を捻《ひね》った。壱太は作業をする永久井を戸惑いながらも凝視《ぎょうし》してしまった。

後ろで控えている女性声優たちが突然の永久井の登場に沸き立ち、口元を押さえながら女性同士で肩を叩き合っている。

永久井は秘かに女性声優たちの人気者なのだ。

白のTシャツにジーンズ姿の永久井は音声の録音調整の仕事をしている。髪は切っている暇もないのだろう、伸びたままの前髪のせいで目元が隠れてしまっている。後頭部の前髪の隙間《すきま》から覗《のぞ》く目の下はくまがひどく、見るからに徹夜明けの業界人といった風貌《ふうぼう》なのだが、室内仕事で肥満体型の人が多い中、永久井は細身で引き締まった身体をしている。隠された端整な顔つきと、がっしりとした長身の体つき。きちんとした格好をすればもっと好青年に変身するだろう。

若く仕事ができ、重いマイクを軽々と運ぶ男らしさを兼ね備えた永久井は、天性の目立ちたがり屋である田子とは違った印象で、女性だらけの現場の中、一服の清涼剤のような存在感で彼女たちを虜にしていた。

「白岩さん、マイク前立って声出して」

目の前で作業をする永久井の白い手首に見とれて

いたことに、声をかけられて気が付いた。

「はいっ！　……あーっ……」

慌てて返事をして、マイクの前で声を出す。

「声が下に向かって落ちている。マイク低くしたから音拾いやすくなったと思う。あとは、リラックスして」

永久井は壱太の肩をポンと叩いた。揺れる前髪の下から優しい瞳が控えめに見つめている。壱太は自分のためにマイクを調節してくれ、さらに励ましてくれた永久井の気遣いに胸が熱くなった。

「あ、あの」

コントロールルームに戻ろうとする永久井を、壱太は思わず引き止めていた。

ここにいてほしい。

永久井がいてくれたらできる気がする。田子ではなく永久井に向かってなら、シロロの最高の演技ができると思う。

そう考えてしまうほど、壱太は心細い思いをしていた。

しかしアフレコブース内ではなく、コントロールルームが永久井の仕事場である。永久井は壱太の声を録音してくれるのだ。永久井にここにいてほしいと頼むのはおかしな話だった。

壱太は自分の身勝手な願いを口にできず、引き止めておきながら黙り込んでしまった。

俯く壱太の不安を察してか、永久井は咳払いをすると、もう一度向き直ってくれた。

「新人だろうが、ベテランだろうが、役者は自身が納得するまで何度やり直しても構わない。そうですよね皆さん」

永久井が先輩声優たちに同意を求めると、皆一様に頷いた。田子だけは面白くなさそうに口を窄めていたが。

皆の大らかな表情を見て、壱太は狭くなっていた視界が明るく開けたような気がした。

ここには、この作品を良いものにしようと同じ志をもった仲間しかいないのだ。

「俺は何度だって、君の芝居を全部録音する。だから思い切って演じるといい」

録音助手の立場から懸命に励まそうとしてくれる永久井の言葉は、臆病になっていた壱太にまっすぐ届いた。

「がんばれ」

退出する前に壱太にだけ聞こえる小さな声で応援をくれた。

重い前髪の下、永久井の瞳が優しく煌めいたことは、きっと壱太にしか分からなかっただろう。

「永久井ってイッチには優しいよな。俺にはノイズ出しただけで死ねって顔するくせに、ぜってぇひいきだよなー」

近くでふたりのやり取りを見ていた田子が、永久井がいなくなった途端悪態をつく。

永久井が田子に厳しいのは、田子が収録中に配慮することなく、くしゃみや貧乏ゆすりをするからだ。

だが雑音が入ってしまった音声はどんなに良い芝居をしていても使えなくなってしまう。収録中に物音は立てないのが常識であり、ルールを守ろうとする素振りも見せない田子を永久井は良く思っていないのだろう。だがそれでこそ田子ゆずるだと周囲に言わせてしまう、破天荒な振る舞いを許されてしまう現状が、田子のスター性を増長させている。

「さささっ、俺に向かってエミコと叫ぶがいいぞ!」

「大丈夫です」

「なぬ」

「できます!」

壱太は力強く頷《うなず》いた。

ひとりじゃないんだ。

仲間たちの励ましが、壱太に勇気を与えてくれた。

それにコントロールルームにはヘッドフォンを耳に押し当てる永久井がいる。マイクに向かって出した声は永久井が聴いてくれている。

永久井に支えられていることが、何より心強い。

できないとは言えない、やるしかない。シロロの声は壱太にしかできないのだ。

もう一度、モニターにシロロが映る。エミコに振り払われて落ちていくシロロ。傷ついた表情でシロロはエミコを想って叫ぶ。

行っちゃダメだ、エミコ。

壱太は大きく息を吸い込んだ。


音響監督から本日の収録完了が告げられる。演者たちは早々に退室し始めた。田子も愛敬《あいきょう》を振りまきながら出て行った。おそらく別の仕事があるのだろう。

「お疲れさまでした」

田子を見送って壱太はほっとしていた。下手に時間があると田子は後輩である壱太を構い始めて、やっかいになる。田子なりに壱太を可愛《かわい》がってくれてはいるのだろうけれども。

壱太に急ぎの仕事はない。夜から居酒屋のアルバイトがあるくらいだ。

アフレコブースを出て防音扉を二枚潜《くぐ》り抜ける。壱太は思い切ってコントロールルームの扉を開けた。

「失礼しまーす」

監督や音響監督、裏方のスタッフたちがいるコントロールルームを訪れるのは声優の壱太にとっては学生時代に職員室に入室したような、悪事をしたわけではないのに居た堪《たま》れない気分になる。

音響監督の姿はなく、録音のベテランスタッフと、助手である永久井が残っていた。

「よう、坊主。今日はたっぷりしごかれたな」

にかっと笑い飛ばす録音スタッフに悪意は感じられない。

「はい、時間押してしまいすみません」

「まだまだ若いってことよ。俺は戻るが、永久井お前はどうする」

部屋の隅で機械に向かってなにやら作業をしてい

た永久井が顔を上げた。

「すぐ戻って作業に入ります」

「昼飯は？」

「コンビニで済ませます」

短いやり取りをし、録音スタッフは荷物を背負《しょ》い込むと退出していった。

「何か用か」

永久井は片づけをしながら言った。防音の部屋の中ふたりきりになり、自分に投げかけられた言葉だと知る。

「あの、ボイスクラウン所属の白岩壱太です。先ほどはありがとうございました」

業界の風習で挨拶《あいさつ》をするときは事務所名と名前を言う癖が出てしまった。礼と共に頭を下げた壱太を振り返る気配がする。

収録中、何度もやり直しとなったセリフを永久井と先輩たちに助けられ何とかＯＫをもらえた。引き止めるという演技としては合格できたが、シロロの役になりきれていたかというと壱太自身は疑問が残る仕上がりだった。壱太は永久井を引き止めるつもりでマイク前にいたのだ。

「存じ上げている。別に、俺は何もしていない」

あまりいい意味で知ってくれているとは思えない。先ほど情けない姿を見られたばかりだ。壱太のためにマイクを直してくれたのは永久井にとっては仕事の延長線上でしかなかったのかもしれない。それでも演技に迷走し、田子の指示に困惑していた壱太を救ってくれたのは誰でもない永久井だと思った。

声優と録音スタッフが会話を交わすことは少ない。でもマゼンダの現場では演者に合わせて細かくマイク調節をしてくれ、素早くモニターに動画を再生させる、アフレコ現場を円滑に回そうとするスタッフの優しさが感じられた。それは永久井の仕事だ。技術だけでなく現場への情熱を宿す永久井は新人の壱太にとても尊敬できる支えてくれる人として眩《まぶ》しく映った。

「それで永久井さん、この後」

「食事の誘いなら断る。すぐに作業に入らなくてはならない。聞いていただろ」

永久井は立ち上がると毅然《きぜん》と言い放った。隙のない振る舞いに壱太はたじろいだが、勇気を出して職員室、ではなくコントロールルームへ踏み込んだのだ、ここで引き下がるわけにもいかない。

「あの、えっと。永久井さんの作業、見学させてもらえませんかっ」

「は？」

勢い任せに叫ぶと、耳につく壱太の高音が防音の部屋の中に響いた。

永久井は瞬きを繰り返し、呆気《あっけ》にとられている。

その反応に壱太は両手を宙でバタバタさせて永久井の返答を待つ前に謝っていた。

「す、すみませんっ。お仕事の傍《かたわ》らに俺なんかがいたら迷惑ですよね……はっ、ミキサー作業って企業秘密とかですかね？　変なお願いしてすみませんでした」

「君は関係者だし、作業を見られても問題はないと思うが……特に面白くもないと思うぞ」

「そんなことないです。俺、恥ずかしながらミキサー作業見たことなくて。ぜひ見学させてください」

曇りのない瞳で懇願する壱太を永久井は真正面から見つめると、眉根を寄せて口元を手のひらで覆った。

「分かった、断る理由はない」

「やった！　ありがとうございます」

笑顔を見せる壱太とは対照的に、永久井は頭を抱えて俯いてしまった。

「まいったな。プライベートな誘いかと思った俺がバカだった」

「？　なんですか？」

「いや、君は真面目《まじめ》なんだな」

永久井は厚い前髪を掻き上げて、緩く笑った。袖《そで》を捲《まく》り上げた腕に筋肉の筋が浮かぶ。何気ない永久井の男性的な一面に、壱太はどきりとした。やっぱり技術者としてだけでなく、男の色気がある永久井はとても格好いい。女性声優たちが色めくのも分かる。永久井といると何だか落ち着かない心持ちになる。そわそわして不安な気持ちになるのに、もっと永久井を知りたいと思う。

今日の現場で、アニメのアフレコは多くの人々の努力で成り立っているのだと、改めて認識した。気付かせてくれたきっかけをくれたのは永久井だ。

声優としてアフレコが終わった後、自分の音声がどう扱われていくのか、無知であることはスタッフに対して失礼であると思ったし、永久井が壱太の知らないところでどんな仕事をしているのか知りたいという好奇心があった。

だが、それだけではなく、永久井と親密になりたい。

今はただの仕事相手だが、スタッフと演者としてだけではなく気軽に会話できる友人になりたいと思う。が、食事の誘いなら断ると拒絶されてしまった。

誘ってくる女性がいるのだろうか。男の壱太ですら仕事ができて容姿の整っている永久井は格好いいと思うのだ、好きになる女性がひとりやふたりいたっておかしくはない。女性と食事をする永久井を想像すると胸がもやもやしたが、先ほどの慣れた様子で誘いをあっさりと振り払ってしまうところは、永久井らしくて少し安堵《あんど》した。

片付けを終えてスタジオを後にする永久井の背を追いかけながら、壱太はどうしてこんなにこの人のことが気になるのだろうと、自問していた。

都内のビルの中にある音響スタジオ。三階が受付。四、五階に録音ブースがある。壱太は五階までしか足を踏み入れたことがなかったが、永久井に連れられて六階へと階段を上った。

「失礼します」

六階は来客のある五階までとは違い一般的な企業の事務所の造りだった。質素な白い壁紙に現在放送中のアニメのポスターが粗雑に貼られている。『私立マゼンダ女学院』のポスターもあった。キャスト欄に壱太の名前が初めて載った記念すべきポスターだ。壁伝いに並べられた事務机に制作スタッフがアニメ台本を広げて何やら忙しそうだ。

ふたりは邪魔をしないようにそっと狭い通路を通り抜けた。奥に防音扉の何やら重々しい部屋がふたつ並んでいる。左側の扉を永久井は開けると、壱太を中に入るように促した。

興奮を抑えきれずに壱太は中へと足を踏み入れた。

「うわぁ」

ミキサー室は三畳ほどの広さだったが、半分以上が黒く巨大な機材で埋められていた。

操作パネルの前に潰れた丸クッションの置かれた椅子があり、手すりにタオルがかけられている。機材の上にはアニメキャラクターのフィギュアが数体並び、ペン立てにはサインペンの他にうちわが挿さっていた。

男臭さの漂う室内には、永久井の仕事に取り組む日常感が溢れていた。ここで毎日永久井が仕事をしていると思うと、壱太は好奇心を抑えられない。

「悪いが立ち見だな」

永久井は自分の指定席に座るとコンビニ袋を壁掛けフックに引っかけた。

「大丈夫です。後ろから見てます」

スタジオから持ってきたテープを機材に差し込むと、身体に染み込んでいるのだろう、手際よくマシンを立ち上げ作業を始める。

壱太は永久井の背中越しにモニターを見やった。モニターに心電図のような波形が映され、永久井がスイッチを押すと波形の上を縦のラインが走った。

『急がないと、大変なことになる』

同時に本日収録したエミコのセリフが流れた。永久井はそのセリフの再生と巻き戻しを何度も繰り返した。壱太には永久井が何をしているのか理解できない。

「あの……作業止めてごめんなさい！　永久井さん。何をしているんですか」

永久井が首だけを動かして壱太を見る。表情の読めない永久井に壱太は慌ててしまう。

「すみません、俺、無知で」

「いや……簡単に言うと雑音を消している」

永久井は次の音声データを引き出すと再生した。

『ひとりじゃ何もできない。大人しく援軍を待つんだ』

壱太の、シロロのセリフが流れた。

「！」

突然、自分の声が小さな部屋いっぱいに流れ、壱太の小さな心臓が跳ね上がった。

「これはまだ未加工の音源だ」

『ひとりじゃ　ひとりじゃ　ひとりじゃ』

永久井は何度も冒頭部だけを再生する。

自分の声を本人は口から出た空気の震動を耳で受けた音と、頭蓋骨を伝わり内耳へ届く音が混ざったものを聞いている。

他人は前者のみしか聞けない。

前者である録音した声は自分の聞いている声とは違うため違和感を覚える。プロの声優になって少しは他人の聞いている自分の声に慣れてきたけれど、違和感のある未熟な自分の声と演技を繰り返し聞かされ、壱太は顔から火が出そうなくらい恥ずかしくなった。

毎度収録の後はこうして永久井は自分の声を腐るほど聴いてくれていると思うと、申し訳なさに倒れこみそうだ。せめて永久井に何度も聴かれても恥ずかしくない芝居をしようと心に誓った。

「よく聞いて。冒頭に雑音が入っているのが分かるか」

永久井に促されて、羞恥心をなんとか捨て去り耳を澄ます。

『ひとりじゃ　ひとりじゃ』

確かに「ひとり」と発する前に音と呼べるものか分からないノイズが録音されている。それは日常生活では気にならない、ごく自然なノイズだった。

「これって、呼吸音？」

壱太は永久井の座っている椅子のふかふかした背もたれに寄りかかり、身を乗り出してモニターを覗き込んだ。

小さな発見に喜ぶ壱太に永久井が薄く笑う。

「そうだ。セリフを言う、声を出す。その時人は必ず息を吸い込む。だから呼吸音が録音されてしまう。こういった耳障《みみざわ》りなノイズを消す作業をしている。その他にエフェクトをかけることもある。たとえばマゼンダの場合はロボの操縦席にいる時はキャラクターがヘルメットを装着している。ヘルメットの中の籠もった声を表現するために音声を加工する」

永久井が忙《せわ》しなくボードを弄《いじ》ると、先ほどまで何も施されていなかったエミコの声が反響し、籠もったものになった。ヘルメットを付けたエミコの画と共に流されれば自然に聞こえるだろう。

「なるほど」

普段、アニメを観ている中で音が加工されているなんて意識して聞いたことがなかった。少し考えてみれば収録時はもちろん音声加工されていないものを録音するのだから、後から手が加えられているのだと気付きそうなものなのに、壱太は考えたこともなかったことを反省した。

永久井は説明を終えると作業に没頭し始めた。

仕事に真剣に取り組む永久井の横顔はくまができていることなど忘れるくらい美しかった。額から鼻筋にかけての曲線は優雅で、長い睫毛《まつげ》が影を落とし上下する様は何時間でも飽きずに見ていられそうだった。

壱太のセリフが回ってくるとふがいない芝居を何度も再生されて、精神的ダメージが凄《すさ》まじい。後ろでもがいている壱太を気に留めず永久井は平然として何十回も聴いている。未熟な演技を聴かされて、苦痛ではないだろうか。右斜め後ろから窺ってみても、表情は分からない。

『僕が来たからには好き勝手はさせない。…………べびぇっくっしゅん！』

田子のセリフが流れたかと思いきや、くしゃみが鼓膜を貫いた。集音マイクに向かって放ったくしゃみだ、耳障りな音が鮮明に録音されていた。壱太は反射的に耳を塞《ふさ》いだ。現場で聞いた時よりもインパクトがある盛大なくしゃみだった。

永久井は眉を顰《ひそ》め、不機嫌なオーラを発する。

「削除」

力任せにエンターキーが押され、田子のくしゃみはこの世から消え去った。

本人がいない所で永久井が奔放な田子と戦っており、怒っている。クールな永久井の子供っぽい一面に壱太は思わずくすりと笑ってしまった。

永久井は咳払《せきばら》いをすると早口で語り始めた。

「俺の仕事は音をクリーンにすることだ。人の耳に入れた時、耳障りのない音にし演者のパフォーマンスが上質な状態で視聴者に伝わるように努力する」

こめかみの辺りを右手の中指で叩いた。雄弁に語る精悍《せいかん》な顔つきに壱太は惹きつけられた。

「衣擦《きぬず》れの音、台本を捲《めく》るペーパーノイズ、ましてやくしゃみの音を消すことは本来の俺の仕事ではない。君たちもプロだ。ならば最低限すべきことがある。それを怠っている田子は失格だと、俺は思っている」

スタッフの苦労などつゆ知らず、現場で自由奔放に振る舞う田子を思い出し、犠牲になっている永久井に同情する。

壱太も先輩である田子とどう接したらいいのか、いつも四苦八苦している。

「ふふ、永久井さんも田子さんに迷惑しているんですね」

田子の被害者同士という妙な親近感を覚え嬉《うれ》しく

なってしまった。

椅子の背もたれに顎を乗せるようにして永久井の後頭部を見下ろしていると、永久井がこちらを見上げた。

「君は芝居をしている時、声の表情が豊かだが素でもそうなのだな」

「えっ、そうですか？」

永久井に壱太自身のことを言われ、恥ずかしくなって顔を覆い隠す。

「訂正だ。声だけではない、身体の感情表現も豊かだ。これからは声だけでなく顔の表情にも注目しなくてはならないな」

永久井が壱太に興味を持ってくれていると思うと、気恥ずかしくて顔が赤くなってしまう。

浮かれている壱太を永久井がじっと見つめていることに気付き、壱太は怯《ひる》んだ。

今までにない至近距離で目と目が合う。椅子の背もたれを摑《つか》んでいた手が汗ばんだ。

「どうか、しましたか」

「いや……君は不思議な目の色をしている」

どきりとする。

「あ、コンタクトしているんです。瞳が大きくなる、女の子がよくつけてるやつです。黒目が大きく見えると可愛く見えるから不思議ですよね。俺も写真写りがよくなればいいなと思ってファッションでつけてるんです」

一気に喋《しゃべ》り尽くして、しまったと思う。聞かれていないことまで喋ってしまった。永久井に怪しまれていないだろうか。

嘘《うそ》はついていない。

けれど、隠していることがあるので後ろめたい。

「そうか」

永久井が気付いたかどうかは分からない。永久井は上半身を捻ると無骨な手を伸ばしてきて、そっぽを向いてしまった壱太の顔を永久井の方へと戻した。

「黒だけれど、色が混じっている」

至近距離での接触に壱太は目を見開く。動揺が壱太の瞳に映りこみ、コンタクトレンズに縁どられた瞳孔が不規則に揺らめいた。

永久井は人に無闇に触れることはしないだろうと勝手なイメージを持っていた。

秘密を隠した目の色を人にじろじろ見られたくない。

でも、過剰な反応をしたら、あやしまれてしまいそうで、どうしたらいいのか分からなかった。

「白岩さん、君は」

永久井は喉まで出かかった何かを呑《の》み込んだ。そして壱太から手を離し、元の位置に座り直した。

「永久井さん?」

「君はどうして声優になった?」

仕事を再開する永久井。再び壱太の芝居の声が狭い部屋の中で響いた。

何かを言いたげだったけれど、永久井は何をしまい込んだのだろう。

「ありきたりなんですけど、中学生の時に深夜アニメにハマって声優という職業があると知って、憧れたって感じです。捻りも何もなくてつまらないですよね」

「君は純粋なんだな」

『エミコ！　良かった。生きてて良かった』

死線を潜り抜けて帰還したエミコを泣きじゃくりながら迎えるシロロのセリフだった。引き止める場面ほどではないが、何回か録り直しをしたシーンだ。

「君の音声波形は子音の部分が細かく上下することがある。一年に百人単位で音声波形を見るが君のような波形は見たことがない。興味深い。もっとサンプルを集めたいところだ」

「はあ……」

モニターに映し出された波形を指差し、永久井は熱弁しているが音声波形などじっくり見たことがない壱太には永久井の言っていることが理解できなかった。

首を傾《かし》げる壱太に永久井はひとりで熱くなっている自分に気付いたのか咳払いをして、言葉を選び直した。

「つまり、君の声は個性的だ。バカ正直な君の芝居には好感が持てる。さらに努力して磨きをかけていくんだな」

永久井は長い脚を組むと、椅子を回し壱太に向かって微笑《ほほえ》んだ。

アフレコ現場では見たことのない永久井の柔らかな表情に、壱太は嬉しくなってしまった。

「は、はい。俺、頑張ります！　永久井さんに認めてもらえるように、もっともっと頑張ります」

小さな部屋の中で思わず声を弾ませて笑顔を返した壱太に、永久井は歯を食いしばって前屈《まえかが》みになった。

「ぐっ」

「ど、どうしたんですか？」

「……今のは録音すべきだった。俺としたことが一生の不覚だ」

「？」

永久井が何を反省しているのか壱太には分からなかったが、永久井と初めてたくさんお喋りが出来て、とても楽しくて幸せだった。


壱太は舞い上がっていた。

声優という仕事は作品が世に出れば視聴者が評価をくれるが、新人の壱太に演技の感想をくれるファンはまだいない。注目の若手声優として雑誌の取材を受けたこともあるが、事務所が推《お》してくれ、若くて顔がいいだけで記事にされているようなものだった。声優の本職は声の芝居だ。芝居で評価されなくては意味がない。

壱太はまだ自分の仕事に手ごたえを感じたことはなかった。

養成所にお世話になっていた頃は教師が善し悪し

を教えてくれたが、事務所に所属してからは指導してくれる人間がいない。成果というものを実感できず、誰からも声をかけてもらえず、現場では録り直しばかりで自信をなくしていたのだと気付かされた。

勇気を出して永久井に見学を申し出てみてよかった。

壱太の芝居を永久井が現場ではコントロールルームで、収録後はミキサー室で聴いていてくれるのだと思うだけで気持ちが楽になった。

マゼンダは毎週月曜日収録だ。次の収録日までに少しでも演技の勉強でできることはないだろうか。

壱太の所属する事務所、ボイスクラウンは山手線《やまのてせん》の駅から徒歩十分のこぢんまりとしたオフィスビルの並ぶ中にある。マゼンダを収録しているスタジオや他の収録スタジオへも徒歩で行ける距離に位置している。

壱太は録音台本を取りにバイトの合間を縫って事務所へと訪れた。アニメの録音台本は収録日の三日ほど前に配られる。音響制作会社から事務所へと連絡が入り、事務所のスタッフが制作会社へと取りに行く。出演者ひとりにつき一冊用意された台本は所属事務所毎に束ねられており、事務所に持ち帰ったスタッフは各所から集めてきた台本を出演者毎に束ね直す。

台本を受け取った壱太を長身の女性が呼び止めた。

「白岩。病院行った?」

ウェーブのかかった長髪を豪快に掻き上げる美人はマネージャーの吉沢《よしざわ》だ。吉沢は彼女の方がタレントなのではないかと思われるほど、背が高く日本人離れしたエキゾチックな顔立ちをしている。

少々強引だがタレントを現場に押し込むその手腕は業界内でも注目されている。新人である壱太には専属マネージャーはまだついていない。同期の新人は全員吉沢が掛け持ちで担当をしていた。

「あ、はい先週行きました」

「ならいいわ。これから下のスタジオで並木《なみき》先生のワークショップあるけど、時間あるなら受けていけば？」

「いいんですか？　受講させてください！」

ボイスクラウンは未来の声優を育成する養成所を併設している。壱太も養成所に一年通い、所内オーディションに合格して正式な所属声優となった。地下のスタジオは養成所で使用しており、毎日研究生たちが勉強をしている。

壱太は養成所を卒業した身分で後輩の研究生たちに囲まれて受講することに気が引けていた。後輩たちの中には研究生として同じ時を過ごし、オーディションで落選し今年も研究生を続けている者もいる。彼らの中から選ばれて一歩先へと進んだ壱太は、邪険にされるのではないかと思っていた。

（さらに努力して磨きをかけていくんだな。）

激励をしてくれた永久井に応えたい。そのためにもやれることは何でも挑戦しようと思えた。

スタジオへと向かおうとする壱太に吉沢が待ったをかける。

「お客様を連れて行ってちょうだい」

「お客様？」

吉沢の後ろのパーテーションから、彼は顔を出した。その見知った顔に壱太はあっけにとられた。

「なっ、永久井さん！」

アイロン掛けされた白シャツに、細身のジーンズ。永久井はアフレコスタジオで見かけるよりもきちんとした格好をしている。重い前髪は相変わらずだが、徹夜明けではないのか表情は晴れ晴れとしていた。

「こんにちは」

パーテーションに片手をつき、挨拶をする永久井はよそ行きの顔をしており、かしこまった人当たりに壱太は背筋を伸ばしてしまった。

「あんた永久井さんの仕事場にお邪魔したんだって？　そういうことは事前に言ってもらわないと。先方にも都合があるんだから」

「すみませんっ、そこまで気が回りませんでした……」

吉沢は腕を組み、新人の暴挙に呆《あき》れている。

「永久井さんがワークショップを見学したいって。断れないでしょ。ああ、別に見学お断りってわけではないですから、永久井さんは心置きなく見学して行ってくださいね」

吉沢は仕事相手でもある永久井には愛想よく笑顔を見せる。吉沢に肘《ひじ》で突《つつ》かれ、壱太は永久井を連れて地下のスタジオへと向かった。

狭い階段に薄暗い照明が灯《とも》っている。

「いきなりすまない」

「びっくりしちゃいました。永久井さんはこういうワークショップは参加したことありますか」

「いや、初めてだ。俺の通っていた専門学校にも声優科はあったが、交流はあまりなかった」

永久井さん、専門学校出身なんだ……初情報を入手して浮かれている自分を追い出すのに必死になった。永久井に見られていると思うと、気合が入る。また格好悪いところを見せるわけにはいかない。

扉を開けると磨かれた茶色の床が広がり、奥の壁には巨大なダンスミラーが設置されている。その明るさに目が眩《くら》んだ。

授業の開始を待っている研究生たちが、一斉にこちらを見た。

「おはようございます！」

多人数の若者の元気いっぱいの挨拶に、永久井は目を白黒させていた。

「壱太！　久しぶりだな」

「壱太くんだ！　マゼンダ見ているよ」

あっという間に壱太は旧友たちに囲まれた。卒業生である壱太は歓迎されないのではと思っていたが旧友たちの笑顔の出迎えに壱太は安堵した。今日来なかったら彼らとは徐々に疎遠になっていくばかりだっただろう。

永久井は輪に入れず、旧友と談笑する壱太を遠くから見ていた。

ここに戻って来れたきっかけをくれたのは永久井だ。

講師が入室すると騒がしかった室内は緊張感に包まれる。レッスンが始まる前に、壱太は生徒たちに見学者として永久井を紹介した。ストレッチや発声練習を永久井は邪魔にならないように部屋の隅で見ていた。

この日は会話練習をするということで、簡単な脚本が配られチームに分かれて練習することになった。

壱太は卒業生として消極的な後輩に声をかけてチームの雰囲気を良くしようとリーダーシップを取る。

「白岩さん、録音をしてもいいだろうか」

小型のボイスレコーダーを持った永久井が壱太のチームに近付いてきた。

生徒たちは永久井がアフレコ現場で活躍する技術者と聞き、緊張している様子だった。突然現れた部外者に録音されていると思ったら実力を発揮できないかもしれない。

「すみません……今日は遠慮してもらえますか」

壱太が生徒たちを気にする素振りを見せ、永久井は気付いたのか気付いていないのか頷いてくれた。

「では白岩さんの声だけでも録音させてくれないか」

「えっ」

毎週アフレコで嫌というほど壱太の声を聞いているだろうに、まだ録音するとは永久井はどれだけ真面目なのだろう。ここはアフレコ現場ではない、今から芝居をするが練習である。そんな音源を収録して永久井に何の得があるのだろう。

「ごめんなさい」

掛け合いの芝居で壱太の音声だけ録音するというのは難しいだろう。

「そうか……」

永久井は大人しくレコーダーをしまったが明らかにしょんぼりしており、壱太には何だか可愛く見えた。

練習が始まると配役を変えながら何度もセリフを

読み、感想を言い合う。輪の外で静かに見守っている永久井に壱太は参加してほしくて声をかけた。

「永久井さん。彼らの芝居はどうでしたか」

もらった脚本に目を通していた永久井が顔を上げる。生徒たちは永久井に何を言われるんだろうと唾《つば》を飲み込んだ。

「俺はディレクターではない。芝居の善し悪しは分からない。だが……君はほとんどのセリフの抑揚が同じだ。君は大げさに息を吸いすぎている、呼吸音が録音されてしまう。君は他の人と音量が違いすぎる、調整はこちらでするが、録音されることも意識してほしい」

永久井の指摘は演技者からは出てこない視点のものだった。的確だが厳しい言葉に現場を知らない研究生たちは黙り込んでしまった。

「ありがとうございました！　今のアドバイスを踏まえてもう一度やってみよう」

壱太は永久井に意見を求めた責任がある。永久井には礼を言い、後輩たちを励ます。

沈黙した空気に永久井は不可解な顔をした。

失敗してしまったかな、と壱太は思った。永久井の指摘は正論だ。しかしまだ現場を知らない研究生である後輩たちには永久井の要求を受け止める度量が具わっていない。意見を求めた身で永久井に説明することは躊躇《ためら》われ、だからといって後輩たちをどうフォローすればいいのか分からない。壱太は役者としても先輩としても上手く立ち回れなかった。

掛け合いの練習が終わると研究生たちは講師の元に集められた。壱太は研究生たちの中から抜け出して永久井の元へと駆け寄った。

「永久井さん、見学どうですか」

足を運んでくれた永久井に養成所の空気や役者に囲まれることを苦手と思ってほしくない。

「ああ、興味深い。白岩さん、質問がある」

壱太の心配は不要だったのか、永久井はつまらなさそうな顔はしていなかった。

「はい、何でも聞いてください」

先日は永久井の仕事を丁寧に説明してもらった。立場が変わって永久井に教授することに壱太は喜びを感じていた。収録現場では誰よりもひよっこであるが、ここでは少しだけ皆より先輩で威張ることができる。

「君は誰にでも壱太と呼ばれているのか」

「……は？」

予想しない質問が飛んできて壱太は小首を傾げてしまった。

質問者の永久井は至って真面目な顔だ。ふざけている様子はない堂々とした態度に、壱太は重要な質問なのだろうかと疑問を抱きながらも答えた。

「えっと、そうですね。事務所の人や養成所の研究生たちは身内みたいなものなので」

皆、親しみを込めて苗字ではなく名前で呼んでくれる人が多い。

「そうか」

どういう意図を持っての質問だったのか、壱太にはさっぱり分からなかったが、永久井は頷くと納得してくれたようだった。

永久井を見送ろうと地下から一階へと戻ると、事務所に田子がいた。脇には壱太の何倍もの録音台本を抱えている。

「イッチ！　会いたかったよ。今日も可愛いな」

壱太を見つけ両手を広げたかと思いきや山程の台本ごと勢いよく抱き付かれた。

「わっ田子先輩やめてください！」

「んー、イッチは男の子なのに柔らかくて抱き心地も最高だな。アルファの俺と相性も良さそうだ。俺と運命の番になってみる？」

「俺、女の子でもオメガでもないですからっ」

番になるなんて冗談じゃない。壱太が田子の手から逃れようと巻きついた腕をつねったが田子は痛くも痒《かゆ》くもない様子だ。先輩相手に本気でつねることはできないのが、悲しいところだ。

「そうやって頬を膨らませて怒るところも苛《いじ》めたくなるよね。な、お前もそう思わないか、永久井……って、ながくい!?　なんでお前がいるんだよっ」

田子が壱太の後ろから現れた永久井に驚き仰《の》け反《ぞ》った。壱太は田子の腕から放り出され、助かった。

永久井は田子を見るなり、不愉快さ丸出しで両腕を組む。

「安心しろ、こちらも好き好んでお前と顔を合わせに来たわけじゃない」

顎を引き上げた永久井は文字通り上から目線で蔑んだ。

スタジオの中では目を合わせずお互い無視し合っているふたりが一触即発状態になり、壱太は慌てた。

「何が目的だっ、生粋の声マニアなお前が目的もなしにこんなところ来るかよ」

永久井を挑発しているくせに、田子は大きな背丈を縮めて壱太の背中に隠れようとしている。どうやら田子は心の底から永久井のことを恐れているらしい。

壱太を盾にしようとする田子に永久井の不機嫌さが上昇していくのが分かる。冷静沈着な永久井が田子相手にはムキになってしまう。普段見られない永久井の反応に壱太は興味津々《しんしん》なのだが、ふたりの相性の悪さは疑いなく、揉《も》め事は極力避けたい。

「ちょっと田子、こっちに来なさい」

「ね、姉さん」

「永久井さんっ、行きましょう!」

田子が吉沢に呼ばれた隙に壱太は永久井の手を引いて、事務所の外に出た。外は日が暮れており、仕事を終えた人々が行き交っていた。

「田子には困ったものだ。アルファが全員ああではないと思うが、身勝手で自己中心的な者が多い気がするな」

永久井はため息をつき外の空気を大きく吸い込むとうんざりといった顔をした。真面目な永久井のことだ、これまでにも田子のようなアルファに振り回されてきたのかもしれない。

「永久井さんはアルファが苦手なんですか」

「少ない人数だがこれまでに出会ったアルファとはそりが合わなかったな」

「……オメガは？」

壱太は聞いてしまった自分に驚いた。オメガの話はしていないのにこんな質問をしてしまったのは不自然だ。永久井に変に思われただろうか。

「昔、オメガの女性にしつこく迫られたことがあった。先入観を持つべきではないと思うが、どうもオメガと向かい合うと警戒心が働いてしまう」

当時のことを思い出しているのか、永久井は眉間《みけん》に皺を寄せて呻《うめ》いた。

隣で手を繋いでいるはずの永久井を遠く感じる。オメガに好意的な人間はあまりいない。永久井が身構えるのも当然であると思う。

当たり前、けれど胸の奥がじくじくする。

永久井は違うのではないか、性差で人を判断するような人ではないと、思い込みたかった身勝手な自分がいたことに気付く。

思わず握っていた永久井の手をぎゅっとしてしまうと、永久井が顔を上げた。

「白岩さん」

「あっ、ごめんなさい」

咄嗟《とっさ》に手を離そうとすると、逆に手首を摑まれた。細く長い指が絡みつき、壱太は息を呑んだ。永久井を心配させてしまっただろうか。

「白岩さん、田子には近付くな」

いつもの感情の読めない永久井ではなかった。思い詰めた懇願の眼差《まなざ》しを壱太に向けている。

永久井でもこんな表情をするのだと、思わず見つめ返してしまった。

壱太なりに田子とはうまくつき合ってきたつもりだったが、永久井にはそうは見えていないのだろうか。

「あの、それは無理です。先輩ですし、一緒のお仕事もあるし……俺は大丈夫ですから、心配させてしまったならごめんなさい」

「……」

マゼンダでは共演中であるし、事務所は同じであるし、田子と顔を合わせる機会はかなり多い。そんなことは永久井だって分かっているだろう。田子に絡まれている姿が危うく見えるとしたら、それは立ち回れていない壱太の落ち度だ。

壱太が困っていると、永久井はそっぽを向いてしまった。

「今日は世話になった。ありがとう」

別れは淡泊なものだった。永久井は壱太から手を離すと背を向けて駅方面へと歩き出した。

永久井と仲良くなれる機会だったのに、田子の登場で奇妙な雰囲気になってしまった。

どうしたらよかったのだろう。

今は仕事場で顔を合わせるだけの存在。でもそれだけじゃ嫌だと思っている自分がいる。


この間のように、楽しい時間を永久井ともっと過ごしたい。

そう願っているのは自分だけかと思うと、寂しかった。


見学したい、と声優に興味を持ってくれた永久井の期待に応えられなかったことに壱太は落ち込んでいた。数日前は永久井に励まされて有頂天になっていたというのに、落差の激しい自分の感情にも呆れていた。

「白岩。聞いているの」

「は、はい！」

永久井の長い前髪の下、月の光のような優しい眼差しを思い出して、ぼやっとしていた壱太を叱責《しっせき》する女性。派手な紺色のブランドスーツを着こなしているマネージャーの吉沢が壱太を睨みつけていた。

午前九時。壱太は『私立マゼンダ女学院』の収録の前に事務所へ寄るように言いつけられていた。いつもならば立ち話で用件を伝えられるのだが、応接室へ入るように促され、よく沈むソファに座ると彼女、吉沢が目の前に座った。

「血液検査の結果が来ているわ」

吉沢が差し出した茶封筒に手をかける。

先日、唐突に事務所から血液検査を受けるように言われ大学病院へ赴いたのだ。

「……」

「開けなさい」

壱太が封筒を開けることを迷っていると吉沢が退路を塞ぐ。

「今開けないと、ダメですか」

「とても私的なことだけれど、私たちにとっても重要なことだわ」

吉沢は足を組みかえると、じっと壱太の目を見た。現実を直視するのが怖くて壱太は俯いた。

唾を飲み込んで、封筒を開け検査結果の書類に目を通した。

「どうなの」

「吉沢さん、俺……」

目の前が潤み、吉沢が滲《にじ》んで見える。

「落ち着きなさい」

吉沢は至って冷静だ。

「俺、オメガに、なっちゃいました」

第二の性別。アルファ、ベータ、オメガ。世界の大多数はベータである。人口の数パーセントしかいないオメガに壱太は分化してしまった。

オメガは男女関係なく妊娠出産をすることができ、発情期がある生殖活動に長《た》けた性別だ。四半世紀前よりマイノリティに対して世間の理解度は上がってきたとはいえ、発情期には外出できず仕事にならない、アルファを、時にベータをも誘惑するフェロモンを発し人間関係を乱す元凶となりかねないオメガへの風当たりは未《いま》だに強い。

「やはりね……」

吉沢は驚かなかった。

事務所には所属契約をする際に壱太の第二の性別が確定していないことを報告していた。血液検査を勧めてきたのだ、事務所はこの結果を予想していたのだろう。

壱太は十代の時に第二の性別をベータとオメガの未分化であると診断されていた。医師に強制的な分化を勧められたが、両親の反対もあり、手術は受けなかった。医師に何度も打診されたが、第二の性は遺伝で決まることが多く、両親が共にベータであることもあり、オメガに分化する可能性は低いと高をくくっていたところもある。

吉沢は封筒の束を取り出した。

「これは」

「あなた宛のファンレターよ」

白岩壱太様。

自分の名前が書かれた手紙を受け取ることをひとつの目標としてきた。嬉しいはずなのに、今はただ困惑するばかりだった。

「この一カ月で急にあなた宛のファンレターが届くようになった。けれど、文面は異様なものが目立つ。男女問わず、あなたに心酔している粘着質なものが多い」

僕には君が必要だ。

どこにいるの、早く会いたい。

愛している。

ファンからのメッセージとは思えない、ストーカーめいた鬼気迫る文字が並んでいた。

「ファンレターが届くようになったのはマゼンダの放送が始まってから。シロロの声を聞いてこの人たちはあなたの無意識のオメガフェロモンに惹きつけられてしまったのかしら」

歴史上の傾国の美女は皆、オメガであったという論説がある。現代人は大国を滅ぼすほどの美貌と魅力を具えるオメガを恐れている。

壱太は知らぬ間にフェロモンを発して、人々を惑わせていたというのか。

自分が怖くなる。

「吉沢さん、俺、どうしたら……声優辞めた方がいいんでしょうか」

声だけのお芝居で、キャラクターに命を吹き込む。夢のある仕事、声優になりたかった。夢を叶《かな》えるまだ途中、簡単に諦めたくはなかった。

けれど情念渦巻く手紙の数々を見ていると、意図せず知らぬ内に誰かの情欲を掻き立ててしまうことを知る。自分の身に何がふりかかってくるのか想像できず、不安が募っていく。

「バカなことを言わないで！　今の時代、フェロモンや発情期は薬でコントロールできる。オメガであることを利用して人気商売のタレントをやっている人は芸能界には多いわ。田子だってアルファの力をうまく利用して今の地位を築いた。田子にできるならあなたにだってできる。危険に晒《さら》されるリスクはあるけど、事前に備えることはいくらでもできる。私たちは今まで通り、あなたをマネージメントしたい。だからあなたも、自覚して行動してちょうだい」

「ありがとうございます、吉沢さん」

吉沢は優しく、力強く壱太の手を握ってくれた。

オメガであるということが、吉沢や事務所にどんな迷惑をかけてしまうか分からない。新人で知名度もない壱太を切り捨てることは簡単なのに、一緒に頑張ろうと言ってくれる。なんて自分は恵まれているのだろう。

受け入れてくれた吉沢たちのためにも、声優を続けていこう。

「俺、吉沢さんの期待に応えられるように、もっともっと頑張ります……！　だからこれからもよろしくお願いします」

壱太は涙が出そうな目元を何度もこすった。

ひとまず吉沢と今後の方向性をじっくり話す約束と、大学病院へ赴く日を決め、壱太は『私立マゼンダ女学院』の収録のためスタジオへと向かうことにした。

膝《ひざ》を伸ばすと立ち眩みがした。全身に力が入らない。また無意識の内にフェロモンを声に乗せてしまったらと思うとアフレコに行くのが怖かったが、この仕事に代役は立てられない。

「永久井さん……」

スタジオに行けば、永久井に会える。そう思うと、無性に会いたくなって壱太は胸に手を当てシャツがしわくちゃになるほど握った。

同時に怖くなる。オメガになってしまった自分が永久井に近付くことは許されるだろうか。オメガを警戒してしまうという永久井に露骨に避けられたら、考えただけで辛い。

応接室から受付へと出て行くと、入口に細身の黒スーツに赤シャツを着た田子がいた。華やかなオーラを放つ姿に、人気声優であることを思い出す。スタッフと話し込んでいた田子は壱太に気付くと爽《さわ》やかに笑いかけた。

「イッチ！　おはよ。これからマゼンダ行くでしょ。俺も行くから乗りなよ」

田子はまっすぐに立てた親指で表に停めてある車を指した。

いつもと変わらない田子の明るさに何故《なぜ》か壱太は安心した。自分がオメガになったことを知り、心が過敏になっているのかもしれない。人の目が怖いと思った。

収録スタジオまでここから徒歩で十五分といったところだ。歩いて行っても間に合うだろうが、目的地は同じ田子の車に乗せてもらえるなら有難《ありがた》い。

「おはようございます。すみませんお言葉に甘えます」

「任せておけ」

田子はキーレスリモコンを車に向かって押す。応えるかのように、車のヘッドライトが光った。壱太は何度か座らせてもらったことのある助手席に乗り込む。

田子は鼻歌まじりでご機嫌に車を発進させた。いつもならば田子は壱太が返事をするしないに拘《かかわ》らず自分の話を繰り広げるのだが、話しかけてこない。おかしいと思ったが朝から疲弊してしまった壱太は問いかけることもなかった。この後のアフレコのセリフを思い出して頭の中で反復する。

信号に捕まることもなくふたりを乗せた車はスタジオ前の駐車場へと停まった。

「先輩、ありがとうござい……」

壱太がシートベルトに手をかけようとしたところ、突然田子に手首を掴まれた。

田子はにっこり笑った。

軽快さはいつもの田子に変わりないが、陽気すぎる表情に壱太は警戒心を強める。

「お前、オメガなんだろ」

心臓が痛くなるほど跳ね上がった。

「なに言ってるんですか」

手首をきつく握られ肉が白く浮き上がる。

「吉沢姉さんに血液検査の結果で呼び出されたって？　イッチ男の子のくせにいい匂いすんなぁって思ってたんだよねぇ」

そのまま引き寄せられて、田子は壱太の首筋の辺りで息を吸い込み、鼻を鳴らした。

ぞわりとした焦燥感に襲われる。逃げなくてはと思うのだが、田子の力は思いの外《ほか》強く、狭い車内では身動きが取れない。状況要素だけでなく、叩き込まれた田子への畏敬《いけい》の念のせいか、正面切って彼に抵抗することができなかった。

田子はアフレコ現場でアルファの力を見せつけた時、壱太にもできると確かに言った。壱太がフェロモンを発していることを誰よりも早く気付いていたのかもしれない。アルファの力なのか、野性的な鼻の良さで壱太の本性を見破っていた。壱太も身の危険を感覚で捉えていた。

「……違います」

壱太はオメガになってしまったことを隠し通せる

とは思わなかったが、大々的に公表するつもりはなかった。人のプライバシーに無頓着に見えるこの人には知られたくなくて、嘘をついた。

「ふぅん。じゃあその瞳がでかく見えるコンタクト、外してみな」

「っ……」

田子は壱太の小さな顔を包み込むように撫でた。

壱太の触れられたくない部分を指摘してくる、目の前の田子はただの面倒な先輩ではなく用意周到な策士であった。

「できねぇの？　俺、アルファで超人気声優だから、俺と番になれんじゃないかって寄ってくるオメガと何人か付き合ったよ。今まで出会ったオメガは身体的な特徴を持っていた。背中に刺青《いれずみ》のような痣《あざ》があったり、肋骨《ろっこつ》の本数が一本多くて胸部が出っ張ってたり。お前はその目に何かあるんだろ」

田子はさらに身を乗り出してきて、壱太は座席に縫い付けられた。

「やめてくださいっ」

「一回オメガの男としてみたかったんだよね。その様子じゃイッチは処女だろ？　オメガの処女はレアだし、俺ってばツイてるなぁ」

壱太の必死さとは裏腹に、田子は新しい玩具を与えられた子供のように生き生きしている。

「俺が教えてやるよ、オメガの本性」

両腕を振り上げたが、田子に力で押さえつけられた。シャツを捲られ壱太の貧相な胸板が車内の空気に晒される。

「一度セックス体験してみろ。お前、変わるよ」

田子の確信を持った言葉に壱太は衝撃を受けた。

壱太が恐れていたのは自身の性別が変わってしまうことだけではなかった。田子のように周囲の壱太を見る目が変わってしまうことが怖かったのだ。友好関係を築いていたはずの友人たちに好奇の眼差しを向けられ、疎まれ蔑まれることになるのではないかとビクついていた。だからオメガである予兆の現れた瞳に蓋をした。

(君は不思議な目の色をしている。)

彼は壱太の隠している双眸《そうぼう》の不自然さに気が付いた。

至近距離で見つめてくる、永久井の眼差しを思い出した。

永久井は、壱太がオメガだと知ったらどう思うだろう。

優しい彼が田子のように過剰な興味とやましい感情を持つとは思えないが、生真面目《きまじめ》な人だ、オメガという虐げられる性の存在を忌《い》み嫌うかもしれない。オメガに警戒心を持っていると言っていたから、距離を置かれることになるかもしれない。永久井に好意を持っている自分は、きっと彼が扱いに困ったというオメガの女性と同じようになってしまう気がした。自分の好意が永久井の負担になることは嫌だった。

オメガだと知られたら、今までのように目をかけてくれることはなくなる。

「おいおい、泣くことないだろ」

怯む田子に言われて、涙が溢れたことを知る。

「気持ちよくしてやるから、さ!」

田子の顔面が近付いてくる。キスされる——。

直前にガンッと鈍い音が響き、車体が揺れた。

ふたりとも反射的に振り返った。運転席側の窓ガラスに靴底が押し付けられている。田子の車は蹴りを入れられていた。縺《もつ》れ合っていたふたりの顔から血の気が引いた。

田子の車を足蹴に睨みつけてきたのは永久井だった。

「うっわー……怒ってるよ」

天敵である彼の姿を見るなり、田子はすぐに壱太から手を離した。

「な、ながくい、さん……」

永久井は表情筋を一ミリも動かさず、怒気を放っている。永久井は田子に対しては容赦がない。田子も分かっているのか、永久井と真正面からやり合うつもりはないようだ。

田子は助手席側のドアから這《は》いずるように慌てて外へ出た。

解放された壱太は乱れた衣服を整える。

「や、やあ永久井。おっはよー」

「何をしている、田子」

「いやいやいや、何もしてない。まだ何もしてない！」

車を挟んで向かい合った永久井に田子は両手を突き出して無罪を主張した。

「もうアフレコは始まっているぞ」

「はいっすみません！　行きます。すぐ行きます」

永久井の殺気に田子は尻尾《しっぽ》を巻いて逃げてしまった。

怒りの収まらない永久井が車の前を回って乱暴に助手席のドアを開けた。

「だから田子には近付くなと言ったんだ！」

シャツを握りしめて、涙の跡をつけた壱太を前にして、怒鳴った永久井は動きを止めた。

「ごめんなさい」

咄嗟に謝ってしまった。忠告されていたことはすっかり忘れていた。まさか永久井はこうなることを予想していたというのだろうか。

恐る恐る、永久井を見上げると怒りの感情は消えており彼は苦渋の表情を浮かべていた。

怒鳴られたことよりも、拳を握りしめ歯を食いしばる永久井の姿が痛々しくて、ひどく心臓が痛んだ。

壱太は顔をぐしゃぐしゃに撫でまわして頬を叩くと頼りない足で車を降りた。正面玄関へ向かおうとしたところを、永久井に止められた。

「君の出番は後半のBパートからだ。少し休んでから来るといい」

「永久井さん」

背中を向けた永久井を壱太は引き止めていた。アフレコブースで助けてくれた永久井を引き止めてしまった時と同じだった。

田子を止めてくれた感謝を伝えたいと思ったが、礼を言ったら田子に襲われていた被害者なのだと自白するようなものだ。男の先輩にオメガだと感付かれ襲われたという事実を認めたくない、経緯を永久井に知られたくなくて、口にできなかった。

壱太が言い淀んでいると、永久井は頭を掻いた。

「これ以上君といるとひどいことを言いそうだ」

「っ……ながくい、さん……」

背を向けた永久井から拒絶を感じ、壱太は喉を詰まらせた。

永久井は振り返らず年季の入ったスタジオの中へと入ってしまった。

失望させてしまった。

オメガだと知らされた時よりも、苦しくて壱太はまた泣いてしまいそうだった。

永久井には休めと言われたが、新人が大遅刻をするわけにもいかない。前に進みたがらない足を懸命に動かしてアフレコに臨んだ。田子とも永久井とも顔を合わせず、心はずたぼろだったが、必死にシロロになりきった。

大好きな仕事をしているのに、集中できない自分が情けなくて悔しくて辛かった。


次の日、壱太は再び『私立マゼンダ女学院』で使用しているスタジオの前にいた。別の作品で単発出演の仕事が入ったためだ。音響制作はマゼンダと同じく永久井の所属する会社だ。

昨夜は眠る前にベッドの中でひたすら仲直りの言葉を探した。このまま永久井と縁が切れてしまうのは我慢がならなかった。

「お礼言えなかった」

永久井にだけは田子に襲われているところを見られたくなかった。嫌われたくなかった。

けれど助けてくれた永久井に嘘をつきたくない。

きちんとお礼を言って、壱太の身に何が起きたのか全て正直に話そう。

その上で、永久井が離れていってしまうことは仕方がないと思った。オメガである自分は人と深く付き合うことは難しいのかもしれない。

心を決めてスタジオ入りすると、アフレコブースに入る前にコントロールルームに寄った。

「おはようございます」

「おう、坊主。おはよう」

そこには気のいいベテランの録音スタッフしかいなかった。コントロールルームのガラス窓からアフレコブースを見下ろすことができるが、ブースにも永久井の姿はない。永久井のいつも座っている位置に録音スタッフがいる。

「あの永久井さんは？」

「ああ、実はあいつ今日から休暇申請出していて、いつ戻って来るかまだ分からないらしい」

永久井に、会えない。

予想もしなかった展開に、壱太は動揺した。

「そう、なんですか。旅行ですか？　体調が悪いとか？」

「さあ。急だったからこっちも慌てたよ。いつも永久井に任せきりだったしなぁ」

久しぶりに行う細かな作業を録音スタッフは豪快に笑いながらこなしていた。

「手伝えることがあったら言ってください」

「ああ、ありがとな。だが演者にウチの仕事をやらせるわけにはいかないいな」

録音スタッフの職人としてのプライドが眩しい。壱太は笑い返しながら、勇んで来たというのに肩すかしを食らってしまい心に空白感が残った。

永久井がいなくても、収録はスムーズに進んだ。今日、一生懸命演じた芝居を永久井は聴いてくれないのだと思うと寂しい。

マゼンダの収録も終盤に入った。収録が終わってしまえば毎週永久井に会う機会がなくなってしまう。

もう会えないのではないかという焦燥感に駆られる。

壱太は永久井と連絡先を交換していなかったことをひどく悔やんだ。


「つまんないわね」

病院からスタジオに移動する車の中で、吉沢は悪態をついた。虫の居所が悪いらしく先ほどから運転は荒っぽい。助手席に座った壱太は右に左に揺さぶられながら駄々を捏《こ》ねる吉沢に呆れていた。

「吉沢さん、俺のことマネージメントしてくれるって言ってくれたじゃないですか」

「言ったわよ。だって私、オメガのプロデュースやってみたかったんだもの。あなたが声を発するだけで、全ての人が耳を奪われて酔いしれて欲情する。誰も彼もあなたに夢中、何もかも思うがまま、そんな世界興奮するでしょ。あっという間に声優界の頂点に君臨できるわ」

吉沢はうっとり天を仰《あお》いだかと思えば、不機嫌な顔で壱太を睨んだ。

「なのに白岩ときたら、オメガになりたてで声にフェロモンをのせられるようになるかはまだまだいつになるか分からないなんてがっかりだわ。田子みたいなスター性はないし」

「ひどい」

大学病院にて壱太は性別の精密検査を受けた。オメガの証拠でもある眼球も詳しく診《み》てもらった。確かに第二の性別はオメガへと分化をしていた。自然分化したことに医師は安堵の表情を見せた。フェロモンの抑制剤を使うことは必要かと尋ねたところ、オメガなりたての壱太にはさほど強いフェロモンは出ておらず、本格的な発情期が来るのもまだまだ先だろうということで抑制剤の投与はすぐに必要ないという診断だった。

しかしファンレターの一件もある。何がきっかけでオメガフェロモンを発してしまうか分からない。

特に精神状態はフェロモンの誘発に影響する。アルファがいる前で発情すれば大変な事態になることは想像に難くない。

自分の状態が少し分かり落ち着いた壱太だったが、隣にいた吉沢は不満を爆発させていた。

オメガになった壱太を受け入れてくれたことへの感謝の気持ちに変わりはないが、吉沢はそんな壱太も商売に利用しようとしていたとは、恐れ入る。

同時にオメガであるということが、田子や吉沢といった周囲の人々を豹変《ひょうへん》させてしまう危険性があるのだということを改めて感じた。

永久井のことを思い出す。

永久井には壱太がオメガだからといって変わってほしくない、今まで通り接してほしい。多くは望まないから、せめて現場で顔を合わせた時に他愛もない会話を交わすくらいは許してほしい。

「いっそそのコンタクト外してエロティックな眼差しの新人声優、もしかしてオメガ？　って思わせぶりに視聴者の好奇心を掻き立てるのはどう？」

「それはちょっと……」

壱太は日本人らしくない自分の目が好きではなかった。未分化だと知らされたころから壱太の目は変化し始め、周囲からは奇異の目で見られることがあったからだ。目に変化が起きたことは自分がオメガに近くなっているということかと思い、その事実から目を背けるように、壱太はコンタクトレンズで本当の瞳を隠してきた。

誰にも見せられない壱太だけが抱える秘密だ。

オメガになってしまったことからは逃れられない。けれどオメガとしての自分を素直に受け入れられずにいた。

「俺はオメガの力で人気を得たいとは思ってません。芝居の実力で声優として認められたいんです」

壱太の言葉に吉沢はため息をつく。

「これまで通りのマネージメントだけでいいのね」

吉沢はスタジオ前で車を停め、車を降りアフレコに向かおうとする壱太に投げかけた。

「はい」

迷いなく頷く壱太に、運転席から顔を出した吉沢は、

「白岩。出世欲ないのね」

と、最後は笑い返してくれた。

「がんばります」

これから収録のマゼンダのアフレコ台本を握りしめ吉沢に力強く拳を握ってみせた。

気合を入れ直してスタジオ入口の階段を勢いよく二段飛ばしで駆け上がった。

最後に永久井と会ってから二週間。時間があればこのスタジオと音響制作会社の前まで行き、永久井の姿を探していた。

今日こそ会える。

そう信じることで壱太は踏ん張っていた。

しかしブース前の小さな休憩室にもコントロールルーム、アフレコブースを見渡してみても永久井の姿は見当たらなかった。

そうこうしているうちにもアフレコは始まってしまう。共演者に挨拶をし、壱太は定位置になってきている左手側の奥に並べられたパイプ椅子に座って台本を広げた。

マゼンダの物語はクライマックスへ向かっていた。バディとして幾多の困難を乗り越えてきたエミコとシロロには固い信頼関係ができつつあった。壱太はシロロとして、エミコへの気持ちは丁寧に演じたいと思っている。

エミコは田子演じる伯爵に道ならぬ恋をしていた。伯爵の怪しい言動に敵か味方か疑いを持っている学園の仲間たちは伯爵に惹かれるエミコを咎《とが》めていた。皆と同じ意見だったシロロが、今回エミコの純真な恋心を認めるシーンの収録がある。

「僕はエミコを応援するって決めたんだ」

小さくセリフを呟《つぶや》いて練習する。シロロを演じる上で今日の一番の見せ場だ。

「シロロがいてくれたら百人力だよ」

後に続くセリフを読まれて、顔を上げるとエミコ役の先輩女性声優が目の前に立っていた。

「エミコとシロロ、いい感じになってきたよね。私もシロロと壱太くんを信じてるって気持ちで演じるね」

若手ながら座長を務める彼女の力強い言葉に壱太も頷いた。

「はい」

彼女は定位置である真ん中の椅子ではなく、壱太の隣に腰かけると、壱太の持っていた台本を覗き込んだ。

「ねぇねぇ、シロロはエミコのこと好きだと思う？」

いたずらっ子の顔で彼女は両手の指を絡めて聞いてくる。

「大好きですよ？」

シロロがエミコを大切に思っていることは物語が始まってからずっと一貫している。壱太が即答すると彼女はつまらなさそうに唇を尖《とが》らせた。

「そうじゃなくて、ラブな意味で好きなのかなって。ほら、このシーン応援するって言う前に少し間があってシロロの表情がアップになるじゃない？　何だか意味深だと思わない？」

彼女の指摘通り、確かに少し不自然な間《ま》があるのだが、壱太はエミコを鼓舞するために気合を入れる間なのだろうと思っていた。彼女はその間がシロロの複雑な気持ちを押し込めて整理するための間だと解釈したということなのだろうか。

壱太は前後のセリフにもう一度目を通し、これまでのシロロとエミコの掛け合いを思い出していた。

シロロがエミコに恋愛感情を抱いている？

ロボットであるシロロが人間のエミコに恋をしているとしたら、それは結ばれることのない前途多難の恋だ。おまけにエミコには伯爵という想い人までいる。

シロロは自身の恋心を押し殺してエミコの恋を応援しようとしていることになる。

押し黙った壱太に先輩声優は甲高い声を出した。

「あ、ごめんねっ。私なんでもかんでも恋愛に結び付けちゃうところあって、そんなことないよね！　人間とロボットの恋とか大好物だから、妄想が行き過ぎちゃった！」

気にしないでと彼女は笑い、壱太の背中を叩いて離れて行った。

音響監督から挨拶があり今日の収録に際しての確認事項、演技プランの軽い確認があったが、シロロの壱太は特に声をかけられなかった。ということは、いつも通りに演じろということである。

アフレコはアニメの脚本通りの流れでテスト、本番の順に収録していく。CM前までの前半部をAパート、CM明けの後半部はBパートと呼ばれている。

テストで演者はマイクの出入りや自身の演技はもちろん、掛け合う相手の演技を確認して、本番に備える。

前方のモニターに映された未完成のアニメーションを見ながら、マイク前では人が入れ替わり立ち替わりで演技をしていく。

壱太も落ち着かない気持ちを抱えながら、シロロが映る度にマイク前に立った。

Aパートのテストが終わり、本番を録る前に音響監督から各役者へと細かな修正が入る。

「白岩さん」

名前を呼ばれて壱太はぎくりとした。

「エミコを応援するセリフ。応援したい気持ちが入っていませんでしたよ」

「はい……すみません」

先ほど先輩声優と話した場面だ。気持ちが入らなかったことは壱太自身よく分かっている。シロロの気持ちの解釈に迷ってしまったせいだ。音響監督もそれ以上は何も言わなかった。演出家も様々な人がいるが、マゼンダの現場を仕切っているおじさん音響監督は声優を役者として扱ってくれる。演技プランの執拗《しつよう》な修正を迫ることはなかった。新人である壱太をプロの役者として尊重してくれる音響監督の期待に応えなければいけない。

本番が始まると現場の緊張感が高まった。

順調に収録が進む中、エミコとシロロが顔を合わせる場面がやってきた。

「私は伯爵のこと、本当に悪い人だって思えない」

仲間たちから伯爵に近付いてはダメだと言われても、伯爵に惹かれるエミコの恋心は止まることがなかった。

エミコに顔を寄せたシロロの表情がアップになる。不自然な間、そしてエミコを励ますセリフ。

「ぼくは……──」

喉が詰まって、声が出ない。

シロロは声を発しなかった。無音のままアニメーションが流れる。

陸に上がった魚のように口を苦しそうに開ける壱太に、隣にいたエミコ役の先輩声優は戸惑った。

背後で人々がざわめく音を壱太は遠くに聞いていた。

シロロの気持ちが作れない。

彼がエミコのことを愛しているとしたら、壱太には愛する気持ちを押し殺してエミコを心から応援することができなかった。叶わない恋だとしてもシロロのように潔く自分の気持ちを捨てることはできない。

好きな人が目の前にいるのに、気持ちも伝えずに諦めることなんてできない。

シロロのように想い人の幸せを思って何も言わずに身を引くことは、壱太にはできなかった。

胸元のシャツを握り、黙り込んでしまった壱太に遠慮がちに先輩声優が声をかける。

「壱太くんどうしたの」

ダメだ。シロロの気持ちにならなくてはいけないのに、気持ちを切り替えられない。

シロロの好きという感情を掘り起こそうとすると、永久井への想いが溢れ出してしまう。

未熟な演技を褒《ほ》めてくれた、忠告を守れず怒らせてしまった。永久井の低い声、クールなようで分かりやすい表情。全て生々しく思い出せる。壱太にとって永久井と過ごした時間は特別なのだと思うことは許されないことなのだろうか。

永久井に会いたい。

自分の感情と役の感情がぐちゃぐちゃになってしまい、苦しい。

プロとして、失格だ。

「白岩さん大丈夫ですか？」

コントロールルームから音響監督の呼びかける声が、遠くに聞こえる。

壱太の手から録音台本がすり抜けて床に落ち、息を乱しその場にうずくまってしまった。

「壱太くんしっかりして」

先輩声優が悲鳴を上げ、アフレコブース内は騒然とした。

身体が重くて自分のものでないように感じる。

共演者たちは皆壱太を心配したが、その中の誰かがふいに呟いた。

「ねえ、何だか甘い匂いがしない？」

「え？」

ひとりの女性声優が異変に気付き、壱太を見ると全員がつられるようにしてこちらに顔を向けた。

壱太の肌は上気し頬はピンク色に染め上がっており、瞳は潤みすがりつくような顔つきになっていた。

アフレコブース内にいる全ての人の視線が壱太に向けられた。

それは後輩声優を優しく見守ってくれていたものとは別物の、好奇の眼差しだった。

ざわついていた空気はやがて戸惑いと怖れが混じり合い、不穏になっていく。

壱太は自分が彼らをそうさせてしまっていることに気付く。

自分がフェロモンを発している。

彼らはオメガフェロモンに反応して、壱太に釘付けになっているのだ。

どうして。

芝居ができなくて混乱してしまったからか。精神状態が発情に影響するという医者の言葉が頭を掠める。恐れていたことが起きてしまった。

理性を忘れ、オメガフェロモンに当てられた人の手が何かに操られるように伸びてきて、壱太は逃げようと思うのに足が竦んで動けない。

「イッチ！　大丈夫かい？」

静かに後方で成り行きを見守っていた田子が突然大声を出し、大げさに壱太を心配しながら人を押しのけて倒れている壱太に近寄った。

しゃがみ込むと倒れた壱太をおかしそうに見下ろし、心配したふりをしているだけだとすぐに分かった。壱太だけに聞こえる囁《ささや》き声で話しかけられる。

「誰かを欲しいと強く思っただろ」

永久井に強く会いたいと思ったことで、好きな人を振り向かせようと壱太の身体はオメガフェロモンを発生させたのか。

壱太の耳に嚙《か》み付くかと思うほどの近さで、田子は囁いた。

「喉の奥が渇くだろ、身体中が熱いだろ。渇望を叫べ、声を出してみろ。全ての人間がお前にひれ伏すぞ」

田子の声が内耳に響いて、痺れたように動けなくなる。アルファフェロモンを直《じか》に吹きかけられたようなものだった。

オメガの力を引き出そうとする田子に、壱太は歯を食いしばって声を出さず懸命に首を振って拒否した。ここでこれ以上フェロモンを放出したら共演者たちに壱太がオメガであることが知られてしまう。

思い通りにならない壱太に田子は業《ごう》を煮やしたのか乱暴に壱太の胸元を引き寄せた。田子は瞳孔を開き、壱太を眼力だけで竦み上がらせた。

「こちら側へ、来い」

人を征服する側の世界へ。

田子はまとったアルファフェロモンの匂いをより濃くする。逃げたいのに、逆らえない。

嫌だ。オメガの力ではなく、自分自身の力だけで声優になると決めたのだ——！

壱太が目を瞑《つぶ》り己の足で立とうと下半身に力を入れたその時、防音の重い扉が開き、外の爽やかな空気と共にブース内に入って来た人物に、壱太のフェロモンに理性を奪われていたはずの女性声優たちの視線が集中した。

彼は壱太と田子の間に入り込み、立とうとする壱太を支えると、田子を引き剝《は》がした。

「……なっながくい、さん……？」

壱太が会いたいと渇望していた、永久井駿也、その人だった。

彼の登場が壱太と田子のフェロモンで混沌としていたアフレコブース内を浄化してしまった。まるで一陣の風のようだった。

永久井は壱太の前にあったマイクへと手を伸ばした。マイクの位置と高さを調節してくれている背中に壱太は呆然とした。

黒のスーツを着て、重いマイクスタンドを片手で軽々と持ち上げる逞しい腕。細身のスーツが浮き上がらせる腰つきとヒップライン。微《かす》かな汗が飛び散ってきそうな機敏な動き。そのノーブルな後ろ姿からはただならぬ色気が放出されている。

女性声優たちは若く美しい彼に釘付けで、目の中にハートを湛《たた》えて落ち着きなく身体を上下させ、ため息と悲鳴しか出せなくなっている。永久井が女性に人気があったのは前からだけれども、彼女らは鼻血を出しそうなほど興奮していた。二週間ぶりに彼がこの現場に現れたからだろうか。

「なっ」

アルファとしての威厳を切り裂かれた田子はよろめき突然目の前に現れた天敵に怯んでいた。

「田子さん、今は白岩さんの収録中でしょう。下がっていてください」

凛《りん》とした声の指摘にその場にいた全員が仕事中であったことを思い出す。

「ぐっ……永久井……お前っ」

永久井のトレードマークのようだったぼさぼさの髪は短く整えられ、品のあるスーツに磨かれた靴と、見違えるほど男前になっていた。

永久井の変貌ぶりに女性たちは感嘆と興奮を抑えられない。

「また俺の邪魔をしやがってっ。くっ……まさか、お前」

女性たちの反応と反比例して田子は苛立《いらだ》ちを永久井に向ける。

「お前の好きにはさせないさ。田子」

吠《ほ》える男を永久井は冷たく一瞥《いちべつ》すると、田子はびくりと肩を震わせ悔しそうに引き下がった。今の永久井には敵わないと田子は本能的に察していた。


手早くセッティングを終えた永久井が壱太を振り返る。

視線が絡み合った数秒が、ひどく長く思えた。

二週間ぶりに顔を合わせた永久井に伝えたいことが沢山あったのに、何も言葉が出てこない。

永久井はカーペットの上に落ちていた壱太の台本を拾い上げる。

「白岩さん。向こうで俺が聴いている」

壱太の頭に大きな手が乗せられ、ぐしゃぐしゃと掻き回された。

「しっかりしろ、シロロ」

胸元に台本を突き付けられ、役名で呼ばれ壱太の顔に血色が戻った。永久井に惹かれる壱太の感情を丁寧にしまい込む。今は壱太ではなくシロロの気持ちを大切にしなければならない。

下手くそでもシロロを演じられるのは、この世に壱太しかいないのだ。

「はい！」

壱太は顔を上げると、励ましてくれた永久井に頷いてみせた。

永久井は隣の部屋に戻ろうとしたところで女性陣に目をやる。

「その上着ノイズ出ませんか？　脱いでください」

興奮していた女性声優陣を一刀両断。一瞬にして凍りつかせた。仕事には鬼のように厳しい。間違いない、永久井だ。イケメン度が上がった分だけ切れ味も鋭かった。

永久井が戻ったところで、収録が再開された。

コントロールルームに永久井がいて、壱太を見守っていてくれる。混沌としていた胸中の靄《もや》が晴れていく。発情の症状も治まっていた。

壱太は画面の中のシロロに向き直る。シロロがエミコのことを友人だと思っていたとしても、愛《いと》しい人だと思っていたとしても、シロロはエミコの味方であることを決めたのだ。

シロロの円《つぶ》らな瞳がエミコをじっと見つめている。

「僕はエミコを応援するって決めたんだ！」

心から素直に演じることができた。壱太の力強い演技に現場には安堵の空気が生まれ、収録は順調に進んでいった。

また永久井に助けられてしまった。

その後は問題なく約四時間の収録が終わり、永久井に話しかけようと思い急いでブースを出たがすでに永久井は廊下で女性声優たちに囲まれていた。

「永久井さんどうして今日はスーツなんですか？」

「久しぶりの出社なので社長に挨拶しろと上司からの通達がありまして」

遠巻きに近付けずにいた壱太に気付くと、女性たちを何食わぬ顔で掻き分けて永久井がこちらへやって来た。

「白岩さん、話がある」

永久井は女性たちの視線まで連れてきてしまい、大人数に見つめられて冷や汗が出た。

唾を飲み込んで、永久井に頷き返す。

スタジオを出るまで女性たちの視線がまとわりついていた。

連れて来られたのは永久井の会社である音響制作会社のビルだった。この前お邪魔したミキサー室のさらに上の階へと通された。七階はスタッフが会社に寝泊まりするための部屋と倉庫があった。作業机に小さなベッドと簡易キッチン、エアコン、冷蔵庫が完備されていた。

会社に泊まらなくてはならない仕事なのだと音響制作会社の厳しさを知る。

永久井は壱太にベッドに座るように促した。

久しぶりの仕事場だったからなのか、女性たちに付きまとわれたからなのか、永久井は珍しく疲れた顔をしていた。上着を脱ぐとネクタイを緩める。仕草が気になってしまって壱太はちらちらと盗み見ていた。

永久井に二週間ぶりに会えて嬉しいのに、対面することが気恥ずかしいのはどうしてだろう。永久井の容姿がいつもと違うからだろうか。それだけで萎縮してしまうというのも永久井に悪い。

二週間考えてきた伝えたいことは真っ白になってしまった。

別人かと思うくらいに格好良くなってしまった永久井にどう接したらいいのか分からない。

「どうした？　君らしくないな」

「なんだか俺の知っている永久井さんじゃないみたいで、変な感じで」

永久井が隣に座ると、ベッドが沈んだ。大きく開いた長い両足に両肘をつけて身体を屈め、壱太を覗き込む。

近付く永久井から甘い香りがする。男性から甘ったるい匂いがするなんて、壱太は自分の鼻を疑った。

「変わった俺は嫌か？」

「そうじゃなくて」

ふたりきりになった永久井の語り口は優しい。

それがまた壱太を居た堪れない気持ちにさせた。

オメガになった自分を前にして永久井には変わらず優しくしてほしいと思っていたくせに、様子の変わった永久井を前にして萎縮してしまっている自分はずるいやつだ。

それでも、永久井に伝えなくては。

「あの、先ほどはありがとうございました。また俺のせいで収録止めちゃって。俺、永久井さんに助けられてばかりで格好悪いですよね」

「君はきっちり仕事をこなした。それは君の力だ」

壱太を褒めてくれる永久井に胸が熱くなる。

壱太は勢いよく立ち上がり、深々と頭を下げた。

「永久井さん！　この間はすみませんでした」

「君に謝ってもらうような覚えはない」

「その、田子さんに車の中で……その、襲われた……とき、永久井さんが来てくださって、田子さんを正気に戻してくれたので、助かりました。なのにお礼も言えずに、仕事前に不謹慎《ふきんしん》なところをお見せして永久井さんを怒らせてしまい、申し訳ありませんでした」

「怒ってない」

「田子さんの車に蹴り入れるくらい怒ってたじゃないですか」

田子が尻尾を巻いて逃げるほど、あの時の永久井は怒気に溢れていた。壱太も怒鳴られて、後ずさってしまうくらいだった。

壱太に指摘されると、永久井は口を結びバツが悪そうな顔をした。

「……確かに怒っていた。田子に。それから君を守れなかった俺自身に」

「えっ」

「君は、オメガなんだろう」

壱太は肩を震わせた。

気付かれていた。

それを知って永久井がどう思ったのか、聞くのが怖い。

けれど永久井に隠すことはしたくない。

壱太は台本が入っているショルダーバックからコンタクトレンズのケースを取り出し、両目を覆っていたコンタクトを外した。

目を瞑りゆっくりと永久井へ向き合うと、正面から彼の顔を見つめた。

視線が絡み合う。

壱太の瞳は深いアメジストの色をしている。水晶のような透明さは光を吸収して様々な色合いを見せる。

「俺、未分化だったんですけど、最近分化してオメガになっちゃいました。この瞳の色はオメガの証《あかし》だから誰にも知られたくなくて隠していました。田子さんとのことがあって、永久井さんいなくなっちゃったから、俺、色々考えたんですけど永久井さんに嘘はつきたくないって思って。でも永久井さんがオメガのこと、苦手だって分かっているんで、永久井さんに必要以上に近付いたりしません」

自分でも何を言っているのか分からなくなっていた。ただ必死だった。永久井に嫌われたくない。

次に永久井に会ったら、気持ちを伝えようと決めてきたのだ。

嘘をつかないと決めたのに、永久井の気持ちを尊重すると言いながら壱太は永久井に焦がれている気持ちを抑えつけていた。

壱太の気持ちが永久井にとって煩わしいものになってしまうなら、せめて近くで永久井のことを見守っていたい。

ああ、そうか。シロロがエミコを好きだったとしたら、こんな気持ちだったのかもしれない。

自分ではなく、エミコのことを優先させたのだ。エミコのことが好きだから、エミコを戸惑わせてしまうだろう自分の気持ちに蓋をした。

アフレコ現場で壱太はひとりじゃないと気付かせてくれた。新人である壱太の拙い芝居を何度だって聴いてくれ、感想をくれる。田子に襲われそうになった壱太を心配して、怒ってくれた。

真面目で、ちょっと変わり者で、でもすごく優しくて。誰よりもかっこよくて輝いている。

永久井のことが、好きだ。

大切な人だから、永久井の負担になりたくない。好きだからこそ、身を引かねばならない時があるのだ。

「だからっ、俺がオメガでも仕事場では仲間として扱ってもらえませんか」

壱太は一段と大きな声で叫んでいた。本当の気持ちを吹き飛ばしてしまいたくて。

狂気を孕《はら》んだファンレターのことや、アフレコ中に発情しそうになってしまったことを思うと、永久井とは距離を置くべきなのかもしれない。壱太と一緒にいたら確実に迷惑がかかってしまう。

今の自分には田子のようにフェロモンをコントロールする力もない、先ほどのように気付かぬうちに発情してフェロモンを撒《ま》き散らすことになるかもしれない。そして誰も彼もを誘ってしまうのだ。

あの突然届き出したファンレター、先ほどのアフレコブース内での先輩たちの反応、そして田子の挑発。思い返すほど、全ての事態を引き起こした原因である自分のことが恐ろしくなる。

壱太は人の好意を素直に受け入れる自信がなくなっていた。好意を寄せられてもオメガのフェロモンに惑わされているだけだと思ってしまうだろう。それは本当に好きになってくれた人に失礼な話だ。こんなことを考えている時点で、自分に恋愛は向いていないと思う。

あるいは、自分にもいるのだろうか。理屈など吹き飛ばすくらいに、夢中になってしまう運命の相手《アルファ》が。

いや、そんな相手はいらない。生物学的に相性がいいなど、どうでもいい。

ただひとり、永久井が壱太に笑いかけてくれる。

それだけでいいのだ。

そんな他愛もない願いも叶わない。

恋することがこんなにも苦しいなんて。

「……っ」

「うっ……甘い匂い……」

永久井は眉間に皺を寄せると、こめかみを押さえた。懸命に耐えているような横顔だった。

様子がおかしい永久井に、壱太は自分の身体の変化に気付く。

感情が高まるほどに身体が熱い、鼓動がどんどん速くなる。アフレコブースにいた時と同じだ。

嫌な予感がして壱太は後ずさった。作業机に衝突して、机の上にあったものが倒れた。

壱太の身体はまた発情し始めていた。しかも無差別にフェロモンを撒き散らした先ほどとは違う、今ここには永久井しかいない。

明確に自分が永久井に向けて発情していることが分かった。

（いけない……！）

「……永久井さん、逃げて」

声を出せばよりフェロモンが強く発せられ、壱太は自分で口を塞いだ。

永久井の気持ちを無視して、本能で誘い込もうとする自分の身体が許せない。こんな自分に永久井に好きになってもらえる資格なんてない。

「白岩さん」

しかし永久井は逃げなかった。壱太がオメガだと知り、匂いに気付いたのならば発情しているのだと分かるだろうに、あろうことか永久井は立ち上がり壱太に近付く。

「やだ……嫌だっ永久井さんを傷付けたくない！」

「壱太！」

永久井を振り払おうとする両手は摑まれてしまい、逃げるはずが壱太は永久井に抱きしめられていた。

永久井の広い胸板に頰が当たり、甘い体臭に包まれ身体の奥がずくんと波打った。

「どう、して」

発情しオメガフェロモンを出している壱太は毒のようなものだ。そんな壱太を抱き込むなんて、信じられない。

「君はいくらでも俺を誘惑してくれて構わない」

「え……」

その言葉の真意を摑み切れなくて、壱太が目を見開き永久井を見上げると、後頭部を優しく撫でられた。その手の温かさに昂《たかぶ》っていた気持ちが落ち着いていく。

「まったく君は……言っておくが俺はオメガが嫌いというわけではない。アルファやオメガ関係なく個人に対して思うことはあるが、基本的に第二の性で差別や偏見が生じることは好ましくないと思っている」

「えっ」

永久井の手が壱太の頰に触れた。触られてびくりと震えてしまう。永久井は柔らかな指の腹で頰骨の上をなぞった。嫌な感じはしないが、呼吸が止まりそうだった。永久井の瞳は力強い、壱太は見られたくなかった眼球でじっと彼の目を見た。コンタクトという壁がなくなった目で見る永久井はより煌《きら》めいて見える気がする。

「迷惑がかかるからと身を引こうとする健気《けなげ》な君は俺の好みだが、本当に身を引かれてしまうと困るな」

永久井が屈むと影が降りてきた。反射的に目を閉じてしまうと、左目の瞼《まぶた》にキスを落とされた。瞼の薄い皮膚から柔らかな唇の感触が伝う。紫の瞳が初めて他人に触れられ驚きと興奮に身体が震えた。

永久井はどうしてキスをしたのだろう。

壱太は息を乱しながら、目を開けた。顔が異様に熱かった。

「可愛いな、壱太。吸い込まれそうな瞳の色だ」

間近で囁かれた永久井の押し殺した声音に、壱太は硬直した。

「な、がく……い、さん」

壱太と、名前で呼ばれることは多い。事務所の仲間内にはもちろん、仕事場では年上の先輩たちが多いこともあり、初対面でも下の名前で呼ばれることもある。

けれど永久井に呼ばれるのは別だ。

これまでスタッフと演者としての一線を越えようとしなかった永久井にそう呼ばれることが、気恥ずかしくて正気でいられない。

「君は俺が変わったと思うか」

壱太の知る永久井は、仕事仲間の男の瞼にキスをするような人ではなかったと思う。

「はい……でも、嫌とかじゃないんです……」

「そうか、よかった。俺はこの二週間で分化適合手術を受けてきた」

「へ？」

「俺も君と同じだ。第二の性が決まっていない、未分化だった。強制的に手術で分化したんだ」

「じゃあ、永久井さんもオメガに……？」

「違う。俺はアルファとベータの未分化だった。強制分化して今までの自分を捨てることに抵抗があった。それに自分の性別など、どうでもいいと思っていた。運命の相手など、存在しないだろうと」

永久井の予想もしていなかった告白に、壱太は頭がまっ白になる。

そんな壱太の胸中を知ってか、知らずか、永久井は壱太の手を持ち上げると手の甲にキスをする。

「でも俺は出会ってしまった。君に。オメガに分化しただろう君が田子に襲われているのを目撃して、決心した」

「えっ、どういう……」

「俺はアルファに分化した。壱太、君と番になるためだ」

永久井が目を細めると、ぞわりとした感じたことのない感覚が全身を走った。

壱太が発していた拙《つたな》いオメガフェロモンを掻き消すほどの強い力が張り巡らされるのを感じた。

オメガの身体が歓喜する。

血が騒ぐというのはこういうことなのか。身体の全てが、知らしめている。

アルファが、彼が、永久井が欲しいと。

「っ……そんな物欲しそうな顔をされると、歯止めが利かなくなる」

「わあっ」

壱太はベッドの白いシーツの上に押し倒された。気が付けば永久井にベッドに縛り付けるかのように押さえつけられている。

永久井は意地悪な笑みを浮かべている。壱太が逃げるとはまるで考えていない顔だ。

「うう……ずるいです、永久井さん」

自分と添い遂げるために、手術のリスクを乗り越えて、性別まで変えたのだと言われたら、降参するしかない。

壱太は両腕で顔を隠して震える声で訴えた。

「俺、オメガで……情緒不安定でフェロモン撒き散らして、田子さんみたいな人にちょっかいかけられて、絶対永久井さんに嫌な思いさせちゃう」

「俺の番に誰にも手出しはさせない」

「永久井さんのことを束縛したいって思ってしまいそうで、怖いです」

「君になら束縛されても構わない」

「俺が、嫌なんです……そんな、だって永久井さん。オメガな俺でもいいんですか」

「壱太がオメガだからいい。そうでないと番になれないだろ」

覆いかぶさる永久井の愛情深さにくらくらしてきた。

顔を覆った両腕の隙間から、永久井の顔を盗み見る。

目が合うと、いつも表情のない永久井が、幸せそうに目を細めた。

「壱太。初めて会った時から、ずっと好きだ」

永久井の囁きが、混迷した壱太の頭の中をほどいていく。

「もっともっと、俺だけに可愛い声を聴かせて欲しい」

オメガで、迷惑ばかりかけてしまう自分でも、永久井の隣にいて、いいのだ。

好きな人と両想いになれるんだ。

永久井が壱太の顔を隠していた腕に手をかけると、壱太は思い切って腕を伸ばして、永久井の首の後ろで両手を組んだ。

「俺も永久井さんのことが、好きです」

満面の笑みで応えた壱太に永久井の理性が崩れ去ったのは言うまでもない。

「っ、んんっう……」

薄く開いた口に噛み付かれた。それが口付けだと気付くのに、壱太は数秒を要した。

及び腰になる壱太を永久井は逃がさない。狭いベッドの上には逃げ場はなかった。

唇を啄《ついば》まれ、角度を変えて何度も押し付けられる。抵抗することも、うまく応えることもできず壱太はされるがまま、永久井のシャツを握りしめた。

執拗に舐《な》められ吸われ、痺れてきただらしなく開いた小さな口の中へ永久井の舌が差し込まれる。口内を蹂躙《じゅうりん》され、貪《むさぼ》られ、免疫《めんえき》のない壱太は翻弄《ほんろう》されるだけだ。

永久井からとても良い匂いがする。甘美な香りは壱太の思考能力を侵食していく。これがアルファのフェロモンなのだろうか。たまらない、我慢できない、欲しい欲しい欲しい――。

でも何が欲しいのか分からない。

「んうっ、なが、くいさ……」

唇が離れる僅かな隙をついて、永久井にしがみつき、胸元のシャツをぐしゃぐしゃにした。

何が欲しいのか分からないけれど、答えはきっと永久井が持っている。

「壱太」

耳元で囁かれ、そこにキスをされる。耳たぶを甘嚙みされ壱太は喉を弓なりに反らした。

「あっ」

永久井にシャツを捲られ、腹を胸元を大きな手に弄られた。そろそろと触れてくる手のひらはなんだかもどかしくて、壱太は切ないため息を漏《も》らした。

「気持ちいい？」

「わ、わかりません……」

くすぐったい感触が、快楽と結びついているのか理解できない。けれど、とても興奮している。

「やらしいことをするのは、初めて？」

真っ赤になりながら壱太はかろうじて頷いた。

瞳の色を見せたのも、誰かと肌を重ねるのも、永久井が初めてだ。

初めての相手が全て大好きな永久井だと思うと、嬉しいやら恥ずかしいやら変に顔が歪んでしまう。

壱太は誰かと深く付き合うことを避け、オメガになるかもしれない自分を隠してきた。誰かと恋人になるなんて、今まさに永久井に組み敷かれているなんて、信じられない。

永久井は短くなった髪を搔き上げじわりと滲んだ汗を煌めかせた。

「あっうそ……」

永久井の手が壱太の下半身へと伸びる。触れられて自身の性器が膨らみ始めていたことに気付き、壱太は混乱した。

ズボンの上から永久井の大きな手に揉みしだかれると、質量が増していく。気持ちいい。壱太には到底操作できないミキサー機材を扱う手が繊細な動きで性器を弄ると倒錯的な気分になる。

永久井が何度か手を揺らしただけで、愛おしくて切なくて、たまらなくなって、嬌声を上げてしまう。

「あっあぁぁ！」

シーツの上に投げ出した両足をもどかしそうにバタつかせたかと思うと、つま先までをピンと伸ばし硬直させた。じわりとズボンの前側にしみが滲む。

初めて体験する愛撫《あいぶ》にあろうことか壱太はすぐさ

ま達してしまった。

「すまない」

永久井はひどく驚いた様子だった。壱太も触れられただけで達してしまうとは思ってもいなかった。羞恥に顔を背けた、堪《こら》え性のない自分を恨んだ。

申し訳なさそうな永久井があやすように壱太の髪から頬までを優しく撫でた。

ちゅっ……と小さな音がして、撫でられた箇所にさらにキスが落とされる。

「んっ」

達したばかりだというのに、熱が冷めない。それどころか、永久井が触れるところからはまた新たな快感が生まれ、途切れることがない。

同じように気持ちよくなって欲しくて、壱太は永久井の腕や胸をおずおずと触り返した。自分に永久井を気持ちよくできるのか、分からなかったけれど。

壱太のぎこちない触れ合いに、永久井は口元を緩めて、息を漏らした。

言葉は交わしていないのに、触れ合うことでお互いの存在を感じていた。

精液で濡《ぬ》れた下着が張り付く感覚が気持ち悪い。壱太は気怠《けだる》い身体を起こし、おもむろにズボンへと手をかけた。すると永久井が壱太の服へと手をかけ、脱衣を手伝ってくれた。ズボンと下着が足首を抜けるころ、脱力した壱太は永久井にされるがままになっていた。

「いいんだな？　ここに俺を埋め込んでも」

「ひゃう」

裸の下半身、尻穴を指で突かれる。

慌てて見上げると、野獣の顔をした永久井が汗を滴《したた》らせていた。

誘っていると思われてしまったのだろうか、そんなつもりは毛頭なかった壱太はどもった。

「あわっ……その、ちが……」

違う、と言えなくなる。

永久井に求められているのならば、自分でいいのなら差し出したい。

壱太の了承を待たずに、永久井の指は壱太の秘部に宛がわれた。

いつもは優しい永久井の強引さに壱太は高揚感を得ていた。

好きな人に欲情されている。

「濡れている」

そこは知らぬ間にじゅんと濡れそぼっており、いとも容易《たやす》く永久井の指を迎え入れる。オメガへと変化した身体は壱太の知らぬ間に雄に暴かれることを受け入れてしまうつくりに変化していた。指を抜き差しされても痛みは感じない。

「んっ、んっあぅ」

動かされる度に声が漏れてしまう。内壁を掻き回され、挿入する指の本数が増え中で広げられる。柔らかな壁を爪で引っかかれると甘い痺れが湧き起こった。ぐちゅぐちゅと粘膜が音を立てる。

「な、ながくいさんっ……もう、だめです」

「何がだめなんだ」

「わかんない……」

誰にも触らせたことのない場所を好きな人が、永久井が触っている。

恥ずかしくて、でも嬉しくて、おかしくなりそうだ。自分が自分でなくなってしまいそうで、これ以上触れられるのは怖いのに、もどかしい熱を、誰でもない永久井に発散させて欲しいとも思う。

「君の声を初めて聴いた時から、君を抱きたいと思った」

「ああっはっ、やあっ」

永久井は壱太の足を開かせ、持ち上げると指の挿入を深めた。

「俺の中のアルファである血が君に惹かれた。それは本能的な衝動で、恋とは違う。第二の性に翻弄されて人生が変わってしまうというのは、俺には受け入れられないことだった」

壱太はあられもない声を上げ続けながら、永久井の独白を懸命に聴いていた。

指が引き抜かれると、楔を失った穴が物足りなさそうにひくついた。

永久井は少し身を起こして、自身の腰に巻かれたベルトへと手をかけた。カチャリと外される音が耳につく。勃起した永久井の雄芯の姿に壱太は思わず目を背けてしまう。

「なのに、何も知らない君は自然体で、無防備で、俺と近付きたいと思ってくれていると気付いたら……参ってしまった」

いつも冷静で仕事熱心な永久井が、ずっと壱太のことを考えていてくれたなんて、知らなかった。

お互いの第二の性別のこと。声優と録音助手という立場の違い。壱太にとってどうあることが最善なのか。優しい永久井をたくさん悩ませてしまったのだろう。

その中で、永久井がアルファになり壱太と番になることを決めてくれたことが、奇跡としか思えなくて愛おしさがこみ上がる。

「透明感のある声も、演技に一生懸命なところも、健気に身を引こうとするところも、君を知れば知るほど、もう、好きしか生まれない……」

永久井が眉根を下げて笑うと、壱太は胸がきゅんとした。

「本能だろうが、恋だろうが、何でもいい。君を俺だけのものにしたい――」

本能も、感情も、あなたへの好きで溢れている。

「永久井さんっ……好きです。俺もあなたが欲しい」

壱太は両手を精一杯伸ばし、永久井を引き寄せた。

「ああ……嬉しいよ壱太」

「ああっ！　あぁぁっ」

永久井が入ってくる。指とは違う、圧倒的な質量で壱太の中を満たしていく。

衝撃に壱太は意識を手放しそうになったところを、何とか堪えた。

「はぁっあは、くるし……」

永久井が壱太を気遣い、腰を支えてくれる手のひらの大きさと熱さが気持ちいい。

初めて好きな人と繋がれたことに、じわじわと感動が押し寄せてくる。苦しさも快感も、永久井が与えてくれるものは全部受け止めたいと強く思った。

「あっ……あぁぁ……」

息が思うようにできず、壱太は陸に上がった魚のようにぱくぱくと口を開け、胸を上下させた。全神経が埋め込まれた永久井に集中する。

「壱太。目を見せて」

ぎゅうと閉じてしまった壱太の瞳に呼びかける。

永久井は壱太の頰を両手で、慈しみを込めて包み込んだ。その手を追って、壱太が手のひらを重ねる。壱太は目を開け、覗き込む永久井と視線を合わせる。

性的興奮を得、オメガである壱太の紫の瞳はより濃く、深い色となっていた。潤んだ紫の眼球が永久井を映し出す。

「きれいだ」

「あっ、あっ永久井さん……あああっ！」

抱きしめられると、挿入が深くなった。最深部に到達し、抉《えぐ》られると体験したことのない快感に襲われた。

「んあん、だめ、だめですっ、ながくいさん」

「気持ちいいんだな？」

揺さぶられる律動が性感を煽《あお》る。

「きもち、いっ……」

よだれを垂らして喘《あえ》ぐ壱太に永久井も息を乱す。

「はぁっ壱太、俺の可愛い番……もっと感じて、声を聞きたい……録音したい」

壱太は耳を疑った。とても恐ろしいことを永久井に言われた気がしたが、気のせいであってほしい。

「やっ……だめ、それはっだめぇ」

慌てる壱太に、永久井はさらに腰を打ちつけて、揺さぶって、声を出させようとする。

「！　ああんっ。やあんっ」

気持ちがいいところを何度も擦られて、壱太は声を出すことを我慢できない。

「俺ならっ君のやらしい声も最高の状態で録音できる。乱れた息遣いも、喘ぎも、何度だって聴き返したい。全部、残しておこう」

「やあっ……あああっ」

壱太は快感にうなされながら、この醜態を録音されるなんて勘弁してほしいと思った。田子の言っていたことを思い出す、永久井は声マニアだと。

変態チックすぎて、マニアというよりはフェチだろうか。

「あっも、だめっイく……イっちゃ……っっ」

「っ、ん……壱太ぁ」

一層激しく揺さぶられて、身体の一番奥で弾《はじ》ける永久井の飛沫《しぶき》を感じながら、少し遅れて壱太も射精した。長く続く絶頂を極めると次第に弛緩《しかん》していく。

覆いかぶさってくる永久井を受け止めながら、永久井が自分のためにアルファという性を選んでくれたことに幸せを噛みしめて涙した。

永久井のおかげでオメガである白岩壱太という自分を初めて好きになれた気がした。

目の前のモニターに動画が流れる。

共演者たちは足音を立てぬよう忍び足で三本のマイクに入れ替わり立ち替わり入っていく。壱太も先輩たちの邪魔にならないよう、しかし自分の出番を逃さぬようにマイクに近付く。真ん中のマイクは主役であるエミコが入ることが多い。女性がよく入るマイクは背が百六十センチ前後の人に合わせて設置されている。必然的に人数の少ない男性出演者である田子と壱太は背が高めに設定されている左のマイクに入ることが多くなっていた。

マゼンダの収録は最終回を迎えていた。収録現場は適度な緊張感で溢れ、出演者たちからは気合が感じられる。

「私はみんなのことも、あの人のことも助けたいの。わがままかな？」

全十三話を通して成長してきた力強いエミコの言葉につられるように壱太からシロロの素直な言葉が出た。

「ううん。今のエミコならきっとできるよ。誰が何て言おうと、何があっても、僕は最後までエミコと一緒だ！」

「ありがとう、シロロ」

涙ぐむエミコに、壱太も泣きそうになった。回を重ねるごとに壱太は自信を持ってシロロを演じられるようになっていた。それを裏付けるかのようにリテイクの回数も減っていた。

シロロを演じるのは、これが最後。そう思うとどうしても力が入る。

ちらりとコントロールルームを見ると、録音助手の席に永久井がいる。作業中の永久井はマシンと向き合っているのでブースからは永久井の頭頂部しか見えなかった。コントロールルームから音声が繋がる。

「白岩さん、よかったんだけど二十三カット、ノイズが入ってしまったのでもう一回お願いします」

「はい」

壱太は録音台本を前のページに戻す。その様子を左斜め後ろから見ていた田子が壱太の脇腹を突いた。

「うぁひゃあ！」

情けない声が出て、周囲の目が壱太に向く。真っ赤になりながら壱太は激昂《げっこう》した。

「やめてください先輩！」

車の中で襲ってきたり、アフレコ中に壱太のオメガの力を引き出そうとしたり、その度に永久井に阻止されている田子だが、壱太に対する態度は相変わらずだ。次に顔を合わせた時には忘れてしまっているのか険悪になることもなく、仕事を共にしなくてはならない身としては有難いような、もう少し反省してもらいたいような、微妙な気持ちにさせられる。

「なんかさー。永久井のやつ、イッチの判定厳しくなったよね？」

　壱太が録音台本を持ったままの手を振り上げたが、田子は軽く受け止めいなした。

　録音をしながらノイズが入っていないか、使える音声であるか、録り直しをした方がいいのか、判定をするのはベテランの録音スタッフと録音助手の永久井の仕事だ。

「えっ、いえ。そんなことない……ですよ？」

「イケメンになって戻って来ようが俺には嫌がらせのレベルで厳しいのは変わらないけど。イッチの判定は、前はもっと甘かったけどなあ」

　田子は納得がいかない顔で壱太に不審の目を向ける。この人は人の気持ちを汲《く》み取ることはしないくせに、知られたくない他人のちょっとした変化には敏感だ。

　背中から田子の気配を感じながら、壱太はマイクに向き直った。

　収録が終わるとブース内では拍手が起こった。感極まって泣き出したエミコ役の女優にスタッフからサプライズで花束が贈呈された。

　拍手をしながら、もらい泣きしそうになった壱太はこっそりブースを抜け出すとそこに永久井が待ち構えていた。

「な、ながくいさんっ」

　永久井に手首を摑まれ、引っ張られ、壱太は足を縺れさせながらついていった。

　廊下の奥の突き当たりに休憩スペースがあり、大きな窓ガラスから日の光が差し込んでいた。誰もついて来ていないことを確かめると永久井は壱太を壁に押し付けた。

　心臓がどきどきしている。仕事をやり遂げた心地よい疲労感もあって、壱太は熱に浮かされていた。

「ペナルティだ」

「ん……」

前髪を掻き上げられて、露出した額に永久井はキスをした。それだけでぞわりとする震えが全身を駆け巡る。愛されることを知ってしまったオメガの身体はアルファから与えられる快楽に従順だ。

田子の指摘は間違っていなかった。

永久井に判定を厳しくしてくれと頼んだのは壱太だった。真面目な壱太の申し出を永久井は快諾してくれたのだが、条件としてリテイク一回につきキス一回を出された。おかしな話だと分かっていてもお願いした立場であるし、楽しそうな永久井を見ていたら条件を蹴ることができなくなってしまった。

顎を持ち上げられ、だらしなく開いた口に噛み付かれる。二度目のキスに壱太は慌てて永久井の胸を押し返した。

「っ！　お、俺。今日は一回しか録り直ししてないですよ」

「今のは俺がしたかったからした」

「……永久井さん、それはダメなやつです」

「ふふっ」

意外にも永久井は大胆不敵だ。顔を合わせれば壱太へのアプローチを欠かさないマメさもある。

その深い愛され具合に壱太は毎度降参し、されるがままになっている。幸せだと思ってしまうのは番の性《さが》なのか、壱太が永久井に甘いだけなのか。

「田子先輩に俺に対する永久井さんの判定厳しくなっていないかって、言われちゃいました」

「そうか。今日でマゼンダも最終回だから問題ないだろう」

「そうですけど……」

壱太、田子、永久井の三人が揃《そろ》う現場が重なることは頻繁に起こることではない。永久井の言うように今後田子に怪しまれる機会はないだろう。

田子に感付かれた原因について、もちろん田子の野性的嗅覚《きゅうかく》の良さもあるだろうが、壱太には思い当たる節があった。

「永久井さん、キス、したいからNGにしたとか、ないですよね？」

　壱太が頬を膨らませて疑いの目を向けても永久井は平然としている。

「俺が仕事で不正をすると思うか？」

　仕事の鬼である永久井が公私混同するわけがないと思う。

「……しないです。でも」

　緻密《ちみつ》な仕事をし、周囲から絶大な信頼を得ている永久井だからこそ、他のスタッフの目を欺くことは簡単なのではないか。

　壁に両腕を押し付けて壱太を壁と永久井の間に閉じ込めてしまう。壱太の声に異様な執着を見せ、すぐ録音しようとする困ったところのある永久井が白い歯を見せて楽しそうに笑っているのを見ていると、不正を働きそうだと思ってしまうのだ。

「今の永久井さんは、しそうです」

「ふふ、俺の壱太は可愛いな」

　両頬をつままれ、むにむにされて壱太は追及することを諦めた。

「あーっ！　おまっ、お前らそういうことかよ！」

　忙しない足音が近付いて来たと思ったら、まっすぐ伸びた人差し指を突きつけてふたりの前に田子が現れた。

　驚いて心臓が破裂しそうになり慌てて永久井から離れようとしたが、逆に永久井に引き寄せられ、後ろからぎゅっと抱きしめられてしまった。いつもベッドの中で嗅《か》いでいる永久井の香りが鼻を掠める。

「田子。壱太は俺の番だ。人のものに手を出すなよ」

　言い放った永久井の格好良さに、壱太は腰が砕けてしゃがみ込みそうになった。

「俺が先にツバつけたのに！」

　永久井の牽制《けんせい》を聞いているのかいないのか田子はひとり地団駄を踏んでいる。自分は田子にツバをつけられていたのか、と壱太は顔が引きつってしまった。

　壱太を離そうとしない永久井と、悔しそうに吠えている田子。そんなふたりに挟まれて、壱太は困りつつも笑ってしまう。

「田子さーん。壱太くーん。集合写真撮りますー」

最終回ということで、アニメ雑誌の記者とカメラマンが来ていた。頃合いを見て出演者を集め始めている。

収録を終えて緊張から解放された人々は晴れ晴れとした表情だった。

『私立マゼンダ女学院』という作品に出会い、シロロをやらせてもらった。この三カ月間を壱太は愛おしく思った。

ワンクールという枠の中で、今期も沢山のアニメーションが消費された。誰かの記憶に残る作品にしたい。クリエーターの想いは皆同じだ。良い作品にしたいという熱量が名作を生み出し、その想いはテレビの前の人々に届くと信じたい。

ブースに戻り出演者たちと肩を組み、カメラの前に並ぶ。永久井は写り込まないので、離れた場所から見守っている。永久井に対しての嫌がらせなのかここぞとばかりに田子に抱き付かれた。永久井は絶対零度の表情で田子を睨みつけている。

「OKです！　次は全員で撮りましょう！」

出演者の元に、その場にいたスタッフ全員が一斉に集まった。

「！　永久井さん」

大勢のスタッフと田子を押しのけて、いつの間にか壱太の隣には永久井が来ていた。

その表情は、いつもより穏やかで、ひとつの作品を終えて、永久井も達成感に浸っているのかもしれないと思った。

出演者とスタッフはフレーム内に納まろうと、三列に隙間なく並ぶ。前列には小柄な女性たちが率先して位置取り、自然と永久井と壱太は後列になる。

最終話まで、シロロのエミコへの想いは作中に恋として描かれることはなかった。シロロの本当の気持ちは、壱太にも分からない。

けれど、シロロのおかげで、壱太は自分の気持ちに気付けた。

（ありがとう。シロロ）

エミコとシロロが笑って迎えることができたエンディングを一生忘れないだろう。

すると、カメラに映らない死角で、永久井が壱太の手を握り、指を絡ませてきた。

驚いて隣の永久井を見上げると、カメラを見ろと肩でつつかれてしまう。

皆がいるのに、隠れて甘えてくる永久井にしょうがないなあ、と思いながらも、楽しくて壱太は永久井の手を握り返した。

「撮りますよ」

ブース内がフラッシュで明るく照らされ、壱太と永久井はカメラに向かって感謝を込めて、満面の笑みを送った。

イノセントアレンジドマリッジ

人生は第二の性別で決まる。

真新しい畳の匂いのする部屋で座卓を挟み、向かい合って座った制服姿の君も、そう思っていただろうか。

アルファ、ベータ、オメガという定めに何かを諦め、それでも渇望した何かを求め、僕たちはあてどない海原で出会ったのだ。


都内某所の大ホールで、本年度のジャパンアニメーションアワードの発表に参加者は胸を躍らせていた。客席には抽選で選ばれたアニメファンたちが、さらに後方にはカメラがずらりと並び、受賞の様子はBSテレビで全国に中継されている。

正面のステージに照明の光が集中すると、壇上に上がりお辞儀をしたプレゼンターが封筒を開け、受賞者名を読み上げる。

「声優部門、主演男優賞を受賞したのは」

会場中の呼吸が一瞬止まり、緊張は頂点に達した。

「映画『クレマチスの里』三苫佑史《みとまゆうし》さんです」

歓声が上がった。舞台後方のスクリーンには映画のキャラクターが映し出され、劇中の一幕と三苫の声が流れる。

舞台袖に準備していた三苫は盛大な拍手を受けながら壇上へ上がった。プレゼンターからトロフィーを受け取ると、三苫の前にはスタンドマイクが置かれた。

この瞬間を数年前から待ち望んでいた。名実共に三苫が声優界の頂点に立ったのだ。三苫は笑顔を見せながら心中では勝利の雄たけびを上げていた。

アニメアワードでありながら、作品ではなく三苫が前評判通り主演男優賞を獲れるかどうかに注目が集まっていた。三苫はノミネートされている八つの作品のうち、三作に出演していたのだ。三苫の喜びのスピーチを会場にいる全員が、テレビの前の視聴者が待ち望んでいた。

クラシックなタキシードに黒い蝶ネクタイをつけ

た三苦は、短髪の黒髪を整髪剤で後ろへと撫でつけ、額を出し快活な面構えで男らしさは二割増しだ。百八十センチを超える身長。ノーブルな面長の顔には上の睫毛《まつげ》だけではなく下の睫毛にも縁《ふち》どられた切れ長の瞳が鎮座《ちんざ》しており、鼻頭からこめかみまで筆で描いたような眉がきりっと上がっている。三十歳を越えて弾けるような若々しさは落ち着いてきたが、反比例して常に笑みを絶やさず余裕ある大人の男の魅力が増してきている。

メディアに顔を出すことの少ない声優にしておくのはもったいないと言われるほどの、誰もが振り返る美丈夫《びじょうふ》。声優界でもとびきり容姿が優れている人物であることは誰もが知っている。

際立った容姿は三苦の持って生まれたものであると同時に、宿命でもあった。

「この度は素晴らしい賞をいただき、ありがとうございます」

耳触りのいいテノールの響きと、滑舌のいい三苦のスピーチに会場全体が聞き惚れていた。

三苦の第二の性別はアルファであった。優れた才覚を持ち、人を惹きつけるカリスマ性を有するアルファは声優界、芸能界にも多く在籍している。

三苦のアルファ性はその容姿と人々を魅了する声質に色濃く反映されていた。

「声優という仕事をやらせていただいて、十五年ほど経《た》ちましたが、役者として何が正解なのか模索を続けている日々は、デビュー当時と変わりありません。こうして賞をいただけたことで、今まで取り組んできたことは間違っていなかったんだと思うことができました」

数日前から受賞者にふさわしいスピーチを考えていた。声優として受賞者としてスタッフや視聴者に求められる最高のパフォーマンスを三苦はしてみせる。アルファとして、声優として生きてきた三苦のキャリアの集大成だった。

「監督をはじめとしたスタッフ、共演者の皆さまがいたからこその受賞だと思い」

ます、と続けるはずが三苫はスタッフに後ろから引っ張られマイクから外れ、スピーチは中断となった。目の前では客席から上がってきたファンが三苫に抱きつこうとしたところを警備スタッフに確保されていた。ファンは興奮した様子で三苫の名前を叫ぶ。彼女が放つ不穏な気配に三苫は身体の力が抜けその正体に気付くが、何もできないままスタッフに引きずられながら裏へと下がった。

「ぐっ、オメガか」

第二の性別のひとつ、オメガは男女共に妊娠することができる、生殖活動に長《た》けた性別だ。オメガは優れた遺伝子を持つアルファを惹きつけるフェロモンを有している。アルファとオメガは番《つがい》になることができ、婚姻よりも強い本能で結ばれた番となったふたりは肉体的にも精神的にも満たされる幸せな関係を築くことができるという。

アルファの三苫を刺激する甘ったるく嫌な香りが彼女から感じられた。三苫はその香りをよく知っていた。発情期のオメガがアルファを誘惑するフェロモンの匂いだ。襲ってきた彼女だけではない。会場中にオメガフェロモンの混ざった香りがする。つまり、会場にいるオメガはひとりではないのだ。

声優としての地位をワンランク上げた三苫を狙ってオメガが複数人集まってきている。三苫と番になることが目的だ。そのために発情期フェロモンを垂れ流し、三苫の本能を刺激してくるのだ。

〈いつも応援してくれるファンの皆、ありがとう〉

受賞スピーチの最後に心を込めた感謝の言葉を述べ、感動の授賞式となるはずだったのに。

三苫はスタッフに支えられながら、未練がましくステージ上のスタンドマイクに向かって手を伸ばした。

ネットニュースには「三苫佑史スピーチ中にファンが暴走」という不名誉な見出しが躍ることになった。

この世には第一の性別と第二の性別がある。第一の性別とは生まれた時から決まっている、男女という性別。第二の性別とはアルファ、ベータ、そしてオメガという三つの性別だ。

世の中の大多数は平均的能力のベータで占められているが、思春期を境にアルファやオメガへと成長する者がいる。

三苫は十五歳の時に第二の性別をアルファと断定された。子供劇団に所属していたこともあり、事務所社長と母親に乗せられていつの間にかアニメの配役オーディションを受けさせられた。当初はルックスのよさとアルファとしての吸引力ゆえに注目されていただけだった。しかし地道に声優としてのキャリアを積んで、人気、実力共に認められた有名声優となった。

十五年経った今も最前線にいる。

その輝かしい経歴を持った人気声優は、いま逃げるように会場裏から乗り込んだタクシーの後部座席で膝を抱えていた。大きな身体をわざわざ小さく丸めている姿はファンには到底見せられない。

「三苫さんっ受賞おめでとうございます！　私は、私は涙が止まらなくて……」

助手席にいる三苫のマネージャーである村田《むらた》が鼻をかんでいる。村田はいつもスーツ姿に黒縁眼鏡の中肉中背の男で、三苫より二つ年上だった。真面目に仕事はこなすが、気遣いが足りない男だった。

「喜んでくれるのは嬉しい、ありがとう。だけど僕の晴れ舞台があれじゃ……。寝ずにスピーチ考えたのに台無しだ……不審者の入場チェックは完璧だったんじゃないのか？」

三苫側からは授賞式主催者にオメガのストーカーがいることを伝え、警戒してもらうように頼んでいた。

「入場時に身分証チェックはしていましたが、完璧に防ぐことは難しいですね。皆、三苫さんの晴れ姿を見たいじゃないですか。タキシード姿のレアな三苫さん、スピーチしながら感極まって目を潤ませる三苫さん、見たいあまりに転売チケットを購入し、身分を詐称してしまう。気持ちは分かる」

「分かってたまるかっ犯罪だろ」

オメガフェロモンにあてられて頭痛がしていたが、村田が三苫の気持ちを汲《く》んでくれないことも原因のひとつだろう。ベータの村田は全くアルファやオメガのフェロモンを感じない体質のようで恐ろしさを実感できないのだ。

三苫の輝かしい芸歴は、オメガに悩まされ続けた経歴でもある。

メディアで華々しく活躍する三苫がアルファだと知り、三苫に近付いて籠絡《ろうらく》し、番になろうと企てるオメガの男女は跡を絶たない。

オメガの本能はより優れた個体のアルファと番い、遺伝子情報の優秀な子孫を残すことだ。彼らの行動は間違ってはいないのかもしれない。


オメガは発情期になるとアルファを誘うフェロモンを発する。アルファには毒のようなもので、あてられるとアルファの三苫は生殖の本能に逆らえなくなってしまう。

アルファだけでなく時にはベータをも惑わせ、人間関係を狂わせるオメガは昔から忌《い》み嫌われる存在でもあったが、フェロモン抑制剤が一般に流通するようになり、ごく普通の生活を送れるようになったこの四半世紀で、オメガへの世間の抑圧は少しずつ軽減されてきている。

世界は第二の性別で起こる差別を撤廃しようという風潮にある。

だが三苫を狙う輩《やから》は、オメガフェロモン抑制剤を使わずに、三苫を本能で誘惑し既成事実を作ろうと近付いてくるのだ。

仕事場に行けば待ち伏せされ、時には家にまでついてくる。ファンだと言われてしまうと乱暴な扱いはできない。

オメガのフェロモンに抗《あらが》うには強靭《きょうじん》な精神力がいる。オメガフェロモンを感じなくするアルファ用の回避剤もあるが、副作用が出るため三苫は使っていない。気力だけでどうにかしなくてはならず三苫はオメガの執念に参ってしまっていた。

三苫は整えていた黒髪をぐしゃぐしゃにして凛々《りり》しい顔を歪ませ、泣きそうな声を出した。

「もう付きまとわれるのはごめんだ」

「まあまあ、三苫さん。ここまであなたが人気者になったのは独身のアルファであることも大きいです。ファンに夢を与えてきた三苫さんは立派なアイドル声優です」

ファンが皆、三苫と結ばれたいと願っているわけではない。だが独身である三苫ともしかしたら親しくなるチャンスがあるかもしれないと夢を抱かせるのもアイドル声優の仕事だ。結婚していない、誰のものでもないことがアイドルにとって重要な要素である。

三苫はゆっくりと身体を起こした。頭痛は治まってきたが、身体はだるかった。

「そうだ。独身でなくなればいいんだ！」

三苫が両手を強く握り顔を上げた。

「えっ」

村田が後部座席を振り返った。黒縁眼鏡がずり落ちる。

「僕がオメガと結婚して、番になればいい」

アルファとオメガは番というパートナーを得ると生殖活動への欲求が安定する。オメガのフェロモンは番のアルファにしか作用しなくなり、アルファも番以外のオメガフェロモンに惑わされることがなくなるという。

「番が出来ればファンのオメガに悩まされることもなくなる。いい案だと思わないか村田！」

「何を言っているんですか。番が出来たらすぐにバレますよ。結婚した男性声優に女性ファンは手厳しいですよ、ファン離れに繋がることは間違いない」

この仕事は人気商売でもある。お金を投資してくれた熱心なファンほど、結婚した声優に裏切られたと手のひらを返す。人気が低迷すれば、仕事がもらえなくなるかもしれない。

だけど十五年だ。

アルファとしてお手本になるような人気声優を演じ続けてきた。同時にオメガに追い回されて神経をすり減らしてきた。

身を粉《こ》にして働いて、主演男優賞まで受賞したのだ、プライベートの安寧を願ってもいいではないか。この時の三苫はオメガという呪縛から逃れたくて必死であった。

日曜日の昼下がり。三苫と村田は共に神楽坂《かぐらざか》にある料亭へと赴《おもむ》いた。大通りから一歩路地へと入ると、石畳の趣《おもむき》のある道が続く。民家の入り口とも思える小さな木戸を引くと隠れ家的なこぢんまりとした店が現れる。生け花の飾られた廊下で異国の人とすれ違った。お座敷遊びもでき、外国人観光客に人気があるらしい。

真新しい畳の匂いのする座敷の個室へ通され、仲居が日本茶を出してくれた。

三苫と村田は隣り合って座り、向かいに座る予定の人物たちを待った。

三苫はグレーのスーツを着ていた。収録にはカジュアルな格好で行くことが多いが、三苫はスーツで行くこともあった。スーツ姿だと身が引き締まり、集中力が高まるのだ。その代わり前髪を下ろし、若々しさを醸《かも》し出し堅苦しくない雰囲気を演出している。

村田はいつも同じ地味なスーツを着ていた。三苫より目立たないようにしているのだと思っていたが、髪に寝癖がついている時もあるので、外見に気を遣っていないだけかもしれない。

「三苫さん、本当にいいんですか？」

村田は納得がいっていないのだろう、何度も確認してくる。自分でもオメガから逃げたいというだけで早計だったかと思わないでもないが、意地もあり今更引き返すことはできない。

「失礼いたします」

甲高い声がかかると、襖《ふすま》が開き桃色のスーツを着た五十代くらいのふくよかな女性が入室してきた。三苫と村田は立ち上がり出迎える。

三苫の緊張が頂点に達した。これから顔を合わせるのは大の苦手であるオメガだ。授賞式で飛びかかってきたオメガを思い出し、身体が固くなり心臓がきゅっと縮む。

女性の後ろから、静かに少年が現れた。

深い紺色のブレザーに、渋めの赤とグレーのストライプのネクタイという制服姿だ。

蛍光灯の下で茶色に見える髪は毛先がはね上がり、触ったら柔らかそうだ。物静かな瞳は黒とも紺とも判別のつかない不思議な色合いで目を引く。丸く小さな顔の輪郭《りんかく》はまだあどけなさを残している。背は村田と変わらないので百七十センチはあるだろう。大人と変わらない背丈なのに、小さな頭と細い首、制服の下に隠れていても分かる細い手足のせいか、彼は存在感が薄かった。

幽霊でも見ているようだ。それが第一印象だった。少女漫画に出てくるとしたら、薄幸の美少年とでも表現されそうだ。

お互いに会釈《えしゃく》を交わして、少年は三苫の前に座った。

このいたいけな少年が見合い相手？

事前に写真を見せられていたものの、一回り歳の離れた少年を目の前にして、三苫は動揺した。

「お話を聞いて、わたくし、絶対にお似合いのカップルが誕生すると思いましたの」

興奮した面持ちで口火を切ったのは付添人の女性だった。彼女は名刺を三苫と村田に渡した。村田は慌てて自分の名刺を取り出していた。

名刺に記載されているのは『NPO法人オメガ幸福の会』という彼女の所属団体の名称である。性差別により就労や結婚、生活が困難なオメガを支援する法人である。彼女は主にオメガとアルファの結婚支援をしていると言った。

高学歴、高収入の地位にあることとの多いアルファは仕事優先の生活を送るため、晩婚化が進んでいる。一方のオメガはフェロモン体質ゆえに望まない妊娠をしたり、パートナーから執拗《しつよう》に求婚されたりと、アルファよりも早婚である。

まともな地位やお金を持ったアルファが番を持ちたいと思った時、同年代のオメガは周りにいない。そんなアルファにオメガを紹介してくれるのだという。

「番を作るって、三苫さん、オメガどころか何年もお付き合いしている人いませんよね」

番を作ると豪語した三苫に村田は勝ち誇ったかのように鼻から荒い息を出した。

言い返す言葉がなかった。三苫は声優界の頂点を目指してオメガを回避することはもちろん、スキャンダルになりそうなことは極力避けてきた。大体、オメガでなくても三苫に近付いてくる男女は芸能人である三苫の人気や収入に目が眩《くら》んでいて碌《ろく》な者がいない。

そこで思いついたのが、見合いであった。アルファの三苫には財産に目を付けた投資や住宅情報などのダイレクトメールが事務所に届く。その中にNPOの案内があった。

しかし、まさか見合い相手に男子高校生を紹介されるとは。

村田は三苫の肩を叩き、ふたりに背を向けて小声で言ってくる。

「高校生なんて、本当に本当にいいんですか、三苫さん」

「僕は本気さ。お前も社長には何も話してないよな」

「言えるわけないじゃないですか、三苫さんが番作りたいと言っているとか、私の首が飛びますっ」

社長という言葉に村田は青ざめた。三苫をアイドル声優にしたかった社長からはマネージメント契約の更新をする際にしつこく恋愛スキャンダル御法度《ごはっと》、特にオメガ相手は即契約解除と言われている。社長に反対されることは目に見えている。

「ほら、理央《りお》さん。挨拶《あいさつ》して」

「……藤代《ふじしろ》理央です」

少年は初めて声を聞かせてくれた。儚《はかな》げな容姿に似合った、鈴の音のような清廉な響きの声音は、三苫に歌声を聞いてみたいと思わせた。

「三苫佑史です。こちらは僕のマネージャーの村田です」

少年は控えめに頷《うなず》いた。

「はい。失礼ですがそちらの付添いはご家族の方ではないのですね」

三苫の両親は共にアルファであった。女性である母はアルファの子供が欲しかったらしい。父も母も仕事が命の人で結婚生活は長くは続かなかった。離婚後三苫は母に引き取られたが母の興味は常に子供より仕事にあり、放任され寂しい思いをしてきた。今回、見合いをすると一応報告したが、母は「あらそう」と言っただけだった。

「すみません、僕らにとってこのお見合いはビジネスの一環なのです」

目の前に座ったまま顔を上げない少年を三苫は凝視してしまう。

彼はオメガだ。苦手なオメガに対してこれまでの経験から警戒心が働き心臓の音がひどく鳴り響いているが、表情には一ミリも出すものかと得意の余所行きの笑顔を作る。

三苫は容姿だけはモデル並みに整っているため、初対面の人には大抵まじまじと観察されることが多い。こちらを高揚《こうよう》した顔で見つめる付添人の女性のように。しかし少年は顔を背けてしまい視線を落としたままで、三苦を見ようとはしなかった。三苦には興味がないのだろうか。

　その様子に少年ではなく付添人の女性に話しかけてしまう。

「僕は声優をしているのですが、オメガのファンに執拗につきまとわれることが多くてですね。牽制《けんせい》したいという思惑があって番を探しているんです」

　ただの見合いではないことを三苦は正直に話した。こうして見合いの場に来るまでは、目的が達成でき、役者という職業の三苦を尊重してくれる相手ならば誰でもいいかと思っていたくらいだ。

　だが三苦は有名人だ。三苦との結婚を目論《もくろ》む者は多くいるため相手は慎重に選ばなくてはならない。結婚したいと三苦が思っていても、こちらから頭を下げてお願いするわけにはいかない。相手に立場が上と思われたら好き勝手されてしまうだろう。主導権を握られるわけにはいかない。

「ええ、ええ。聞いていますとも。こんなイケメンでしたら追いかけ回したくなる気持ち、わかりますわ。ねえ、理央さん」

　女性の笑えないお世辞に、三苦は顔を引きつらせた。

　少年は口を閉ざしたままだった。

「理央さんはM高校の三年生で、受験生ですの。中学生の時にオメガの母親が蒸発してしまいましてね、身寄りがなくてうちの関連施設で暮らしているんですよ。とってもいい子でオメガなのに頭もよくて進学を希望しているんですの。奨学金での進学を考えていたのですけど、オメガは大学を出ても就職口が見つかるかどうかわからないものですから、現時点では奨学金の給付が認められなくて……」

　女性は理央の身の上を大げさな口ぶりで話した。

　理央の人柄や気持ちではなく、お金の事情を打ち明ける女性に村田は怪訝《けげん》な顔をしたが、三苦は彼女がふたりは似合いだと言った意味を理解した。

「なるほど、都合のよい番になる代わりに、彼を養えということですね」

明け透けな言葉に、理央は顔を上げて、ガラス玉のような透き通った目で三苫を見つめ、困惑の表情をする。ようやく正面から理央の顔を見ることができ、三苫はその若く可愛らしい顔立ちに釘づけになった。彼からはオメガフェロモンを感じられない。発情期でないのか、抑制剤を使っているのだろうか。

理央とは対照的に女性は笑みを深める。

「ええ、とってもよいお話でしょう」

「とても分かりやすい」

NPO法人が紹介してくれるのだ、そりゃ何かと問題を抱えたオメガが登録されているのだろう。

しかし条件付きの契約の方が立場はこちらが上、最低でも対等にすることができる。悪い話ではない。

「三苫さん、正気ですか」

雲行きが怪しいと気付いた村田が耳打ちしてくる。

「別に。夫婦になれば財産はふたりのものだろ」

三苫は大人しく言うことを聞くオメガが欲しい。理央はパトロンのアルファが欲しい。利害は一致している。

彼は年下で学生である上に、金で恩を売っておけばコントロールしやすい。それに少年というのもいい。女の子のようにSNSで結婚をほのめかしたり、ファンを挑発することはしないだろう。

とんとん拍子に進んでいく会話に、理央は突然座卓を叩いて、立ち上がった。

「待ってください。俺、俺は……オメガじゃない」

「理央さんっ」

理央は苦虫を嚙み潰したような表情で告白した。すぐに女性が理央を物凄い形相《ぎょうそう》で叱責した。

「俺、嘘はつけません」

「オメガじゃない？　どういうことです」

確かに理央からはオメガの気配が感じられなかった。

発情期以外でオメガを外見だけで判別することは難しい。だが三苫に近付いてくるオメガは開き直っているのか、己の性を見せびらかしたり、生い立ちの不幸自慢をしたり、アルファを惹きつけるためにあの手この手を使ってくるといった印象で、自己主張が強いのだ。追い回されているうちに三苫は感覚的にオメガを嗅《か》ぎ分けられるようになっていた。

理央からはそういったオメガの主張が感じられなかった。

女性は舌打ちをした。彼女の目的はこの見合いを成立させることなのだろう。そのためには理央の意志や気持ちは関係ないらしい。

女性はすぐに平静な顔に戻った。

「特に問題ではないことです。正確に言うと、理央さんはまだオメガではないのです」

「まだ?」

「未分化、という性別をご存知でしょうか」

第二の性別は思春期を境に確定する。けれど中には第二の性別が確定せずに成人を迎える者がいる。第二の性別が定まらない人々を、未分化と呼ぶ。未分化は遺伝子異常で引き起こる。未分化の状態では遺伝子配列が通常と異なり、難病を発するリスクが高い。未分化の人々は自然分化を待つか、医療で強制的に分化させるか選択を迫られる。

十五歳で第二の性別が確定した三苫には未知の人々であった。

「理央さんはオメガかベータの未分化です。でも医師の診断ではオメガに自然分化しつつあり、成人前にはオメガになる予定です」

「ちょっと待ってください」

村田が座卓に両手をつき、身を乗り出した。

「もしベータに分化したら、こちらの希望である番にはなれないじゃないですか。失礼ですが信用できるとは思えません」

村田は女性に不審の目を向けていた。

確かにこちらが金を払った後にベータに自然分化、または意図的に治療を受けてベータに強制分化することも考えられる。ベータとは番になれない。そんな結末になったら三苦は金を失い番も作れず詐欺にあったようなものだ。

「理央さん、見せてあげなさい」

女性の一声で理央はすっくと立ち上がると、村田が驚いて小さく飛び上がる。

理央は感情のない表情のまま、制服のブレザーを脱ぎ、シャツのボタンに手をかけた。

「な、なんですか」

村田が動揺している隣で、三苦は服を脱ぐ理央に釘づけになる。

理央は背中を向けると、シャツを脱ぎ、背中の肌を晒《さら》した。

背中の肩甲骨《けんこうこつ》あたりの皮膚は色素沈着していた。シミなのか痣《あざ》なのか茶色のように見えるが、場所により青っぽくも赤っぽくもあり複雑な模様を描いているようだった。その形は彼の肩甲骨を覆うように広がり、三苦にはまるで翼が生えているように見えた。

村田が口元を押さえた。彼は不快感を覚えたのかもしれない。その模様はグロテスクとも捉えられるものだった。

しかし三苦の目には色鮮やかに映り、美しいという感想が生じる。

何よりも、理央が嫌がることもなく恥ずかしがることもなく、その背中を潔《いさぎよ》く晒したことに三苦は感服した。

先ほど理央は嘘はつきたくない、と言っていた。彼は偽《いつわ》るくらいならば、ありのままの自分をさらけ出そうと考えているのだろうか。見合い相手に村田のように気持ちが悪いと思われてもいいのだろうか。

「オメガは身体のどこかに特徴が出ます。骨の数が増えたり、減ったり、髪や目の色が変わったりといった具合に。理央さんはこの背中の痣が徐々に広がってきました。この痣は理央さんがオメガであることの証拠です」

身体的特徴のことは三苦も知っていた。確かに痣があるということは理央は未分化でもオメガになりつつあるのだろう。

理央は村田の反応を気にしてか、そそくさとシャツを着直した。

「理央さんはオメガです。三苫さんの事情も理解しております。どうか理央さんのことをお願いいたします」

女性は頭を下げた。彼女の懇願する姿はその場では理央を想う母のように見えた。

「理央くん」

三苫に初めて名前を呼ばれ、理央は顔を上げた。

「少しふたりで話をしよう」

村田と女性を部屋に残して、三苫と理央は縁側に出た。外には小さな日本庭園が広がっている。縁側には沓脱石《くつぬぎいし》があり、庭へ出られるようにとサンダルが置いてあった。三苫が誘い、理央と共に庭へと降り立った。

四月の中旬、池の水面の上へ伸びた桜の枝の花は散ってしまっていた。あと一週間早ければ、満開の桜が見られたかもしれない。

「見頃の時に来たかったですね」

池に散っている花びらの残骸を見て、理央が呟《つぶや》く。桜を見て同じことを考えていたのだと思い、三苫は笑みをこぼした。

ふたりきりになって、理央から話しかけてくれたということに、強く警戒されているわけではなさそうでほっとする。

日の下で見ると理央の制服は二年間しか着ていないにしては袖が擦れて光沢が出てしまっていた。誰かのお下がりなのだろうか、サイズも合っていない気がする。親がいない施設での生活の苦労を三苫は想像もできなかった。

「君は僕のことを知っているかい?」

理央は先ほど三苫と顔を合わせても反応がなかったので確認しておきたかった。

理央はしどろもどろに答えた。

「あ、すみませ……俺、アニメとかはあんまり。すごく人気がある方、なんですよね？」

三苦に失礼なことは言ってはならないと思っているのか、とても申し訳なさそうだ。けれど嘘をつきたくないのだろう、正直に知らないと答えた彼に好感を抱いた。

「僕を知らなくてもいいんだ」

というか、知らない方が嬉しい。人気声優だと知っている者に好奇の目を向けられたり色眼鏡で見られるのはもうたくさんだ。

「付添人の彼女はこの見合いは君の合意の上といった物言いだったけれど、君の気持ちはどうなんだい」

「えっ」

理央は三苦の顔を見、目が合うと逸《そ》らした。

「どうかした？」

「いえ……自分の気持ちなんて、聞かれるとは思っていなかったので」

理央はおずおずと喋《しゃべ》った。言葉を慎重に選んでいるようだ。

まるで自分は意志など必要のない人形だと言っているような言い方が気になった。

「あの人たちに黙って従えとでも言われているのか？　まったく。支援団体と謳《うた》っているくせに、呆《あき》れるな」

契約結婚をしようと思っている三苦も同じ穴の貉《むじな》であることが悔しい。

「進学のためにお見合いに同意したのは俺の意志です」

真っ直ぐに意志の強い瞳で貫かれ、三苦は小さく息を呑んだ。

隣に立った理央はやはり三苦より小さく細かったが、儚げという印象はいつの間にか消えていた。

まだ高校生であるが、親のいない自分の立場を理解し、大人の力も借りながら自分の力で進んでいこうとしている。そんな人間が弱いわけがない。

「俺はひとりで生きていけるようになりたくて、進学したいんです。自立したいのに、番に養ってもらおうとするのは矛盾していると思います。奨学金、給付許可が下りなくて……でも、お金は返せというならば、就職してから必ず返します」

「ちょっと待った。お金の話は後回しだ。とにかく、僕は従順な番が欲しい。君は養ってくれる番が欲しい。ここまでの条件はウィンウィンだと思う。そうじゃなくてだ」

黙り込むと、静かになった庭にどこからか鳥の鳴き声が響いた。

「君は相手が僕でいいのか？　自分で言うのもなんだけどお金や名誉は備わっているしそれなりにもてる。だが君より一回りも年上の、おじさんだぞ」

「……」

理央は言われている意味が分からないというような顔をした。

彼は大人たちに言いくるめられて、なんでもイエスと言う人形になると決めてここへ来たのかもしれない。その姿は三苫に、社長の言う通りに仕事のことだけを考えてきた若き日の自分を思い出させた。

理央には人形になってほしくない。

三苫自身、勢いで見合いに来てしまったが、気持ちを無視して強制的に契約することは三苫の抱く道理や正義に反する。

理央の眠っている思考能力を揺さぶろうと、語気を強めた。

「君は僕とセックスできる？」

みるみるうちに理央は耳まで赤らめた。高校生には刺激が強かっただろうか。しかし番になるとしたら避けられないことだ。

お互いに条件だけを満たして契約することは簡単かもしれない。三苫の父と母のように。けれど父と母が幸せな家庭を築けなかった様を三苫は見てきた。

理央が嫌と感じるならばこの契約に意味はない。

理央は視線を彷徨わせ、制服の裾を握り締めた。

三苦には大人に抑え込まれていた感情を必死に呼び起こしているように見えた。

「……本当はお見合いでどんな人が来るんだろうって、怖かった。怖い人が来ても、俺には断ることができない。でも、三苦さんは俺の背中を見ても引かなかったでしょ。皆、気持ち悪いって顔を背けるのに、三苦さんは平然としてた」

平然としていたわけではなく、見惚れていたのだ。

理央は息を吐き出す。心なしか血色がよくなった気がした。

「あなたのような人は俺の周りにはいなかった」

出会って一時間足らずでも、彼は彼なりに三苦のことを冷静に観察していたのだ。

視線が絡むと理央の、光の宿った大きな瞳に吸い込まれそうになり、三苦にずっと見詰めていたいと思わせた。

嫌いだと言われなくてよかった。

理央のことをもっと知りたいと思った。煩《わずら》わしいと思っていたオメガに、正確に言えば未分化だが、初対面で好感を覚えたのは彼が初めてだ。また会ってみたい、今日でさようならは嫌だった。

三苦は髪を掻き上げた手を下げると、理央に正面から告げた。

「理央、僕の番になってくれ」

気付いたら、口にしていた。我ながら、人気声優らしいうっとりする囁き声だったと思う。

「えっ」

「えっ？」

理央が思わず声を上げ、つられて三苦も間抜《まぬ》けな声を出し、自分が会って間もない相手にプロポーズを噛ましたという驚愕の事実に気付く。どさくさ紛れに呼び捨てで呼んでしまった。

しまった。こちらから契約を願い出たら相手を有利な立場にしてしまう。それは分《ぶ》が悪いと思っていたのに、言ってしまった。

いや、理央は人間関係において損得を考えるような子じゃない、と思う。

理央は大きな瞳がこぼれ落ちそうなくらいに見開いて、唇を震わせた。

イエスか？　ノーか？　どっちなんだ。

表情を変えてはならない。こちらは一回り年上のおじさんである、泰然《たいぜん》とし、動揺を悟られてはならない。ノーと言われても、がっかりした顔をして理央に罪悪感を抱かせたら駄目だ。

だが手汗はひどいし、心臓は破裂しそうなほどに激しく鼓動している。

返答を待ってしまった間を撤回することができない。ただ、理央の返事を待つしかないが、その空白が三苦を生殺しにするかのように苦しめた。

耐えられなくなってきた。どっちでもいい。早く、とどめを刺してくれ。

理央の可憐《かれん》な唇が動くのを、三苦はじっと見ていた。

分厚い台本、三色ボールペン、ペットボトルのお茶。三苦が仕事に臨《のぞ》む時の必需品だ。

防音された小さな部屋の中には机と椅子、そして高機能集音マイクが設置されている。防音扉を二枚隔てて、隣の部屋には大きく黒い機械が並べられたコントロールルームがあり、ふたつの部屋の間にはガラス窓。録音ブースの中の様子が分かるようになっている。

三苦は何度も台本に書かれている台詞《せりふ》を読み、口に出して確認する。

コントロールルームにいるのは演出担当の門野《かどの》と録音担当の技術者だ。録音ブースにいると外の音は聞こえない。トーンバックという機能を使い門野が音声を繋げて外から指示を出してくる。

「三苦、いつでもどうぞ」

目の前にあったランプが赤く光る。録音開始の合図だ。

台本の紙を捲る音や呼吸する音が録音されないように気を付けながらマイクに向かって声を出す。

「ステージは常に祝福で満ちている。ミューズたちの歓声が至高の彼方へといざなってくれることを、私は知っている」

日常では使わない言葉を連発し、二次元のキャラクターに命を吹き込む。三苫の仕事は現実を切り離してキャラクターになりきることが何よりも大切だ。

本日の音声収録はスマートフォンのアプリゲームである『マイアイドルセレクション』という作品だ。育成&ミニゲームをしながらアイドルたちを育て、彼らの成長ストーリーを楽しむ女性向けゲームだ。ファンの間では『マーセレ』と呼ばれている。

三苫の役は物語のメインアイドルグループに所属する、北條《ほうじょう》レイというキャラクターだ。金色の長めの髪を肩のあたりでリボンで縛り、長身で色白、瞳は赤い色で白い軍服のようなアイドル衣裳が似合っている。現実にはとても存在しそうにないイケメンだ。高貴な容姿とは裏腹に性格は自分の世界を崩さないマイペースさで、グループメンバーを精神的に支えている。

アイドルという職業は声優をしている三苫にとっても近い仕事でもあり親近感が持てるキャラクターだ。

三苫がキャスティングされてから一年が経つ。アプリのリリース直後から大きな反響があり、これまでにも何度か追加のボイス収録をしてきた。アイドルものなので新曲収録、歌唱の仕事も定期的に舞い込む。三苫の新たな代表作になるかもしれないタイトルだ。

この作品をプロデュースしているのはコントロールルームで演出をしている門野だ。門野は同じ事務所に所属し、三苫と同期入所の友人でもあり、ハードボイルドな低音ボイス声優として評価されながらも徐々に活動の主を裏方業にシフトしつつある。三苫と同い年だが、顔に肉のついたおじさん然とした容貌のため、年上に見られることが多い。

門野はコントロールルームで下を向いていた。これは録り直しだな、と長年の付き合いで分かってしまう。

「うーん、三苫。ここのレイはもう少し抒情的に頼む。夕日が海に静かに沈んでいくような喋り方だ」

夕日が海に沈む喋り方ってどんな喋り方だよ。

思わず友人に悪態をつきたくなるがぐっと呑み込む。

演技に正解はない。ニュアンス勝負だ。ディレクターから求められる質と三苫が持つ演技の引き出しが合うかはやってみなくては分からない。

不確かなものへの挑戦はいつも四苦八苦する。だが、満足のいく演技ができた時の喜びは一入《ひとしお》だ。

アイドルらしくきらめいたレイ、珍しく真面目なレイ、立ちはだかる壁に苦悩するレイ。様々な感情のレイになりきり、収録を終えた三苫がブースを出た時には午後九時を回っていた。

スタジオの中には窓がない。外に出れば人がまばらになった夜の街が広がっているだろう。

すぐに帰ろうと思っていた三苫を門野が引き止め、缶コーヒーをくれ労《ねぎら》ってくれた。コントロールルーム後方にあるソファに座る。

「三苫、いつもありがとな」

「なんだよ気持ち悪い」

友人の含みのある笑顔に三苫は怪訝な顔をした。

「実は『マーセレ』、来年ライブをやることが決まりました！」

「は」

「初ライブばんざーい」

万歳《ばんざい》をした門野と対照的に三苫は顔色をなくした。

「ちょっと待て」

「いやー、ワクワクするねっ」

「……歌うのか？」

「うん」

「僕に人前でお歌を歌って踊れっていうのか？」

「うん」

アニメやゲーム作品のキャラクターライブといえば、CGで作られた仮想キャラクターが動くVRライブもあるが、キャラクターを演じている声優が登壇し生ライブをやることもある。

レイというキャラクターとして、人前に立ち、広い舞台に立たせられた自分を想像し三苫は目の前が暗くなった。

長い付き合いの門野は三苫の心中を察したのか先回りする。

「レイは主要キャラクターだ。出演決定だから。出演辞退は認めないからな」

今やアニメ作品ではキャラクターソングと言われる、キャスティングされた声優が歌っている楽曲を発売することが当たり前になっている。『マーセレ』はアイドルがテーマの作品であるから、歌唱があって当然だ。三苫も承知で取り組んできた。

しかし元来三苫は歌を歌うことはあまり好きではない。本業ではないし、歌を生業にしている人には到底歌唱力もリズム感も表現力も劣っていると分かっている。何より人からどう評価されているかは別として、苦手なのだ。仕事として引き受けるからにはきっちりこなしているつもりだが、自分の歌ったキャラクターソングを進んで聞こうとは思わない。

「今の若手は歌唱もダンスも当たり前にやるぞ。お前もいつまでも人気声優って肩書きの上に胡坐《あぐら》かいているわけにはいかない。これは進化するチャンスでもある」

痛いところを突かれて、ぐっと押し黙ってしまう。

今の若手声優はマルチタレント化が進んでいる。声優の仕事は芝居だけではない。

三苫がデビューした頃は今ほど歌唱力を要求されることが顕著ではなかった。が、今の若手は歌もダンスも勉強してからデビューする。

時代の流れには逆らえないのか。

俯《うつむ》いた三苫に、門野はため息をつく。

「歌唱の上手さは求めてない。大事なのは芝居と同じ。どれだけなりきれるか。舞台上でキャラクターを演出できるか。お前の演技に若手は敵《かな》わない。ステージに立ったお前を見てレイがそこにいるとファンが感じられるかどうかが重要だ。三苫には十分にその力がある」

すべては作品とキャラクターを愛するファンのために。

「俺の生み出した北條レイは、この世でお前しか表現できない」

門野は『マーセレ』を大切に育ててきた。友人である彼の力になりたいという気持ちもある。

三苫は覚悟を決めて門野に頷き返した。

求められるものには全力で応《こた》える。それがプロだ。自分の気持ちは後回しにして、今は目の前の与えられた仕事を優先しよう。

門野は豪快な笑顔でサムズアップしてみせると、突然話題を変えた。

「お前、番を作るんだって?」

驚いて顔を上げる。

「どうして門野が知っている」

「村田さんが青い顔して聞いてくれって」

村田め、同じ事務所の仲間とはいえ門野に話すとは。社長に知られたらどうするつもりだ。

「身を固めるのはお前の自由だけど、お前が番を作ったと知れたら絶対炎上するだろ。批難殺到は間違いなし。自分で人気落としてどうする」

「僕は社長の言う通りにやってきたつもりだ。いい歳になったし、もうプライベートは好きにさせてほしい」

今日初めて三苫は門野に反論した。

「俺は反対だ。まだまだうちの事務所のトップを三苫に張っていてほしい。三苫がここまで来れたのは、事務所やファンのおかげだろ? 身を固めちまうのは性急じゃないのか」

門野の言うことは冷静でありまともな意見だった。三苫の番契約がどれだけの波紋を呼ぶのか、重大さは分かっているつもりだ。

理央の顔が浮かぶ。ふわふわの髪が風に揺れ、潤んだ瞳が桜の樹を見上げていた。大人に言われるがままに人形になろうとしていた彼を思い出して、切なくなった。成り行きで理央にプロポーズをしてしまったが、男としてのプライドもあり今更撤回するつもりはなかった。

「人生のパートナーを作ることは悪いことじゃない。めでたいことだろ。なんで責められなくちゃならないんだ」

さすがの門野も三苫の力のないぼやきに複雑な顔をした。

分かっている。それが人気商売というものだ。ファンを引き寄せるのも、裏切るのも、三苫次第である。

「で、相手ってどんな子？」

「僕が婚約することには反対なんだろ。お前には関係ない」

「仕事上ではな。親友に伴侶ができるならば嬉しいさ。淡々と仕事をこなす人気声優の顔すら演じているんじゃないかと思うほどのお前が初対面の相手にプロポーズするなんて、どんな胸中だよ」

門野はニヤニヤと気持ち悪い笑顔になった。遊び道具を見つけた時のような、好奇心丸出しの門野に三苫は視線を逸らす。

「……………まだ婚約したわけじゃない」

歯切れが悪い三苫に門野はたたみかける。

「声が小さい」

「まだ返事をもらってない！」

やけくそになって言い返す。

三週間前、見合いで出会ったばかりの理央に気付いたらプロポーズしていた三苫だったが、庭園での理央の返事は「前向きに検討させてください」であった。

即答せずに返事を引き延ばす。理央は大人であった。勢いで告白してしまった三苦とは大違い、一回りも歳が離れているのに恥ずかしいことこの上ない。

「へえ……見合いしてから会ってないの？　デートくらいした？」

「……あっちは受験生だし、気軽に誘えないだろ……」

連絡先は交換したが、三苦から連絡はしていない。受験生の邪魔をしてはいけないという遠慮もある。

「高校生ってのは本当だったんだな。連絡入れないってまずくないか？　何も連絡なかったら私のこと興味なかったのかなって思うだろう。早めに次に会う約束くらいしておいた方がよくないか」

門野のお節介な提案に苛《いら》ついて三苦は勢いよく睨《にら》みつけ、不貞腐れながら喋った。

「次に会ったらプロポーズの返事を聞かなくちゃならないだろ……」

事務所のナンバーワン人気声優がしょげている姿を見た門野はポカンとしている。

「顔面と経歴は超エリートなんだから、お前が得意の俺様ドSキャラみたいに強引にアプローチでもすれば相手はイチコロだと思うけどねえ。根っこは庶民で小心者、なんだかんだで社長の言いなり、いざこざを避けてきたせいで恋愛経験ほぼなしの三苦には無理か」

プロポーズの返事を聞くのが怖い。どんな顔をして理央に会えばいいのか三苦は分からなかった。

母に捨てられ、ひとりで生きてきた理央が苦労をしてきただろうということは想像に難《かた》くない。そんな身の上でひねくれもせず、自分の生い立ちを恨むことなく自立していこうという姿は真っ直ぐに天へ向かって伸びる、荒地に咲く一輪の白百合のようだった。

その美しさと健気《けなげ》さに三苦は無性に惹きつけられ、庇護欲《ひごよく》を掻き立てられたのだ。

番になる契約をしてくれたなら、精一杯の支援をしてあげたい。

だが、決めるのは理央だ。

理央から見れば、自分は金に物を言わせてオメガを利用しようとしている搾取者《さくしゅ》であろう。そんな悪の親玉のような輩《やから》のところに嫁に行こうと思う人はいないだろう。

理央は声優の三苫という外面は知らないようであったし、アルファとして声優としての成功者という価値を除いてしまえば三苫に人を惹きつけられる要素があるとは思えない。

契約内容がいくら双方に利益があるといえど、得体の知れない相手と婚約するなど、三苫が理央の立場だったとしたら遠慮したい。

考えれば考えるほど、理央が三苫を選んでくれるとは思えない。理央に断られたら、大人しく引き下がろう。

日の光を浴びて茶色い髪が透け、大きな瞳をこぼれ落ちそうなくらい見開いた理央のことを思い出す。

三苫の呼びかけに押し殺していた感情が徐々に甦《よみがえ》り、戸惑って拳を握る姿はいじらしかった。清廉で可愛らしいあの子が笑ったらどんな顔になるのだろう。

せめて理央の笑顔が見たかったと思う。

三苫が何度もため息をつき、眉間に皺《しわ》を寄せている様を門野は楽しそうに眺め、やがて笑い出した。

「人気声優様も年下の番候補にはタジタジか」

失礼なやつだ。でもこうして正直に恋愛相談をできる相手は三苫にはほとんどいない。門野という友人の存在はありがたかった。

「見合い相手の何がそんなによかったんだ？　条件が合う相手ならきっと他にもたくさんいるだろう」

門野が疑問に思うのも当然だろう。番はオメガ対策のために作るのだと思っていた自分が見合い相手に興味を抱くとは三苫自身ですら思っていなかった。

「僕のことを知らなかった」

「は？」

日常生活は仕事場であるスタジオと自宅の往復。

付き合いがある人間関係は村田や門野といったスタッフと同業者の声優たちばかりで、皆、三苫が人気声優であることを知っているし、三苫の顔色を窺《うかが》うように接してくる。極めつけはオメガによるストーカー行為だ。

声優三苫佑史を知らない理央とならば、今までと違った人間関係が築けるのではないかと思ったのだ。

それに未分化であるからか理央からはオメガの嫌な感じはしなかった。そんな相手にこの先再び出会えるかわからない。

「失礼します。三苫さんいますか」

防音扉を開けて入ってきたのは村田だった。村田のスーツには水滴がついている。

「お疲れ、村田。外、雨が降っているのか？」

スタジオには窓がない。外の天気や様子は全く分からなかった。三苫は傘を持ってきていなかった。

村田に車で送ってもらうことを考えたが、村田の仕事を増やすのも気が引ける。濡れて帰るしかないかと肩を小さく落とす。

「はい……って、三苫さんスマホ見てないんですか？」

「スマホ？」

村田に慌てた様子で指摘され、三苫はソファに埋もれていた鞄《かばん》から携帯端末を取り出した。

仕事中は電源を切っておく主義だ。今日のゲーム音声の収録は長時間に及んだため夕方からスマートフォンには触っていない。

様々な通知が来ており、その中に三苫の心臓を跳ね上がらせる名前があった。

村田が口をもつれさせながら言う。

「三苫さんから返事が来なかったからなのか、私のところに連絡が……」

三苫はスマートフォンを持ったまま直立した。

「お疲れさまでした！　じゃあな門野！」

「お、おう」

突如帰ろうとする三苫に門野は何があったのかと

目を瞬かせながらも頷いた。

三苫は収録ブースを飛び出し、階段を駆け下りながら上着を羽織った。

外は暗くなっており、雨がぱらついていた。肌寒さに嫌な予感がする。

濡れながら駅へ向かう人々の流れに乗り、三苫は走った。すぐ近くの地下鉄の駅に潜《もぐ》ると、電車を待つ間に返信を打ち込んだ。

『ごめん、すぐに帰る』

一瞬で既読マークがつき、ずっと待たせていたのだと思うと、何も知らずに仕事に打ち込み、終わったら門野と話し込んでいた数十分前の自分が憎くなった。

ホームに滑り込んできた電車に乗ると、座席は空いていたが座る気にはなれず、ドアの前に立ったまま、震える指で画面に浮かび上がる三苫宛のメッセージを何度も読んだ。

『今日、三苫さんの家の前で待ってます。藤代理央』

メッセージの着信時間は午後六時二十一分。三時間前から理央は三苫を待っていたのだろうか。

電車の到着時間は変えられない。

それでも、一分でも一秒でも、早く理央のもとへ行きたいと願わずにはいられなかった。

三苫の自宅はゲームの音声収録をしたスタジオから地下鉄で三十分弱、静かな住宅街にある。駅から自宅までの近道である公園を横切って、ゆるやかな坂を上がると、ガラス張りのマンションの入り口が見えてくる。

自動ドアをくぐると、エントランスがあり、オートロックを解除しなくてはマンション内部には入れない。

「理央!?」

理央が待っているとしたら、エントランスしかない。三苫は足を踏み入れた瞬間叫んでいた。

集合ポストの死角から人が顔を出す。理央が、地

べたにしゃがみ込んでいた。

「……三苦さん」

理央は立ち上がろうとして、足元がおぼつかずよろめいた。三苦は咄嗟《とっさ》に手を出して理央を支える。長時間、座り込んでじっとしていて身体が強張ってしまったのだろう。

理央は私服姿で、デニムに麻素材のシャツを羽織っていた。若者らしい活動的な服装に彼がまだ高校生であることを再認識する。五月といえど、夜は冷え込む。ましてやエントランスの冷たい大理石の上にしゃがみ込んでいたのだ。身体は冷たくなっていた。三苦から見ればまだまだ幼い彼を長時間ひとりで寒い中待たせてしまったことに苛立ちが募る。

「三苦さん、濡れてます。風邪引いたら大変です」

それなのに、理央は雨に濡れた三苦の心配をしてくる。風邪を引きそうなのは理央の方だ。

「……っ、バカか、君は！」

三苦は怒鳴りながらジャケットを脱いではたき、水を落としてから理央の肩にかけた。

「あ……」

「こんなところでいつ帰ってくるかも分からない僕を待っているなんてどうかしている」

滑舌よく早口でまくしたてる三苦に理央は、はぐらかすようにだらしなく笑った。

「ごめんなさい、どうしても今日会いたくて」

理央は背負っていたリュックを下ろしながら言った。中から折りたたまれた紙を取り出し三苦に差し出した。

三苦は黙ったままそれを受け取り広げる。志望校判定テスト成績表、と書かれた書面は、中学生の頃には声優になることが決まっていた三苦は学生時代にはほとんど見た記憶がない。しかし、科目別の得点やグラフを見ればそこに記された成績が優秀であることが分かる。

「初めて第一志望のA判定、取れたんです」

理央は頬をほんのり赤く染めて、声を弾ませていた。

理央の第一志望の大学は三苫でも分かる有名大学であった。オメガは科学的に立証されているわけではないが一般的に学力が低いと言われている。高偏差値の大学への進学率は高くない。未分化である理央は相当な努力をしたのだろう。

「すごいな……理央、頑張ったんだな」

理央の頑張りが成果として表れていることに三苫は嬉しくなり、思わず理央の頭を撫でてしまった。

「み、三苫さん、俺、今褒められてますか」

「ああ偉い偉い」

髪の毛をぐちゃぐちゃにされながら理央が瞳を細めてなんだか泣きそうな顔になった。

「おれ、母さんに褒められた記憶とかなくて。嬉しいけど恥ずかしいですね」

照れる理央がいじらしくて、三苫の庇護欲が掻き立てられ優しく抱き締めてやりたくなる。

勉強はできるのに、寒い中長時間三苫を待つなんてバカなことをする理央はやはりいい子なのだろう。それほど三苫に報告したかったのだと思うと、少しは好かれているのかなと勘違いしそうになる。

「……あの、それで、この前の返事なんですけど……」

理央は視線を彷徨わせ、そわそわしはじめる。

「この前？　あっ……うん」

お見合いからプロポーズまでのシーンがダイジェストで甦り、理央の返事がなんであるのか思い出し、今度は三苫がそわそわしはじめる。

理央は肩にかかった三苫のジャケットを握り締めた。

「お、俺、必ず大学合格してみせます。A判定が取れたら、俺の気持ち三苫さんに伝えようって決めてたんです。約束は、契約は守ります。誰かに押しつけられたからじゃなくて、俺が決めました。三苫さん、俺と契約して番になってくださいっ」

勢いで言いきって、理央はぎゅっと目を瞑《つむ》り腰を九十度に折ると三苦に向かって右手を差し出した。

断られると思っていた三苦は状況が呑み込めなかった。

「……僕のこと、嫌いじゃないのか」

三苦が問うと、理央は差し出した手を引っ込めて、顔を上げた。

「正直よく分かりません。お見合いの話がきた時、俺の周りのNPOの人や施設の人は喜んでました。いい話がきて藤代くんは幸せ者だって、俺が断ることなんて一ミリも考えていないみたいだった。俺もありがたいことだ、断るなんてバチが当たるって思い込んでた。でも三苦さんは俺の気持ちを尊重してくれて俺がどうしたいのか聞いてくれた……断ってもいいんだと思ったら楽になったんです」

身売りのような契約が当事者に負担にならないわけがない。見合いの話が理央を追い詰めていたのだとしたら申し訳なく思った。

「なら断ってくれていいんだ」

「でも、でも、他に俺に断っていいなんて言ってくれる人、もう現れないかもしれない」

理央はもう一度、手を差し伸べた。

「三苦さんのことを信じてみたい」

人に信頼を寄せられるということの重みに三苦は鳥肌が立った。

力強い凛とした姿に三苦は圧倒され、導かれたかのように理央の手を握り返していた。

契約、すなわち第二の性を利用されることが恐ろしいことだと、断りたいと感じていた上で、再考し理央は三苦の人間性を信じると決めたのだ。それだけでなく見合いの場で村田が未分化である理央を疑っていたからか、三苦にも自分を信じてもらえる要素を増やそうと、志望校判定で結果を出すことにしたのだろう。三苦が考えていたよりも藤代理央は強く聡明であった。

理央に比べたらプロポーズの返事が怖いと連絡すらできなかった自分はなんて情けないのだろう。理央に見合わないのは三苦の方だった。

「僕も約束は守るよ」

「……はい」

理央は頷いて、笑顔を見せてくれる。破顔した表情は年相応で、幼さと無邪気さが残っており、三苦を朗《ほが》らかな気持ちにさせる。

この笑顔を守ってあげなくてはいけない。

これまでの人生。オメガに付きまとわれ、社長に休みなく仕事を詰められ、声優としての自分しか求められていない虚無感に襲われることもあったけれど、理央と出会ったことで何かがいい方向に変わる予感がした。

「理央、僕の家に泊まっていきなさい」

時間も遅い。未成年をひとりで帰すのは忍びなかった。

しかし理央は首を横に振る。

「用は済んだので、帰ります。突然押しかけてすみませんでした」

「駄目だ」

理央の手首を捕まえて逃げられないようにしてしまう。

「でも三苦さんに迷惑かけるのは」

「迷惑じゃない。こんな時間に君を今からひとりで帰す方がよっぽど心配だ」

理央をやや強引に連れて、ドアロックを解除するとエレベーターに彼を押し込んだ。

三苦の自宅はマンションの五階、バストイレ別、ダイニングキッチンとリビングに寝室という都心の一人暮らしにしては少し広い部屋である。だが友人は人気声優にしては狭すぎる期待外れの部屋だと言う。真っ白な壁紙でカーテンや家具はブルーで統一している。リビングで目立つのは天井まである大きな本棚だ。

廊下からダイニングに足を踏み入れた理央はぐるりと部屋の中を見回して、感嘆の声を上げた。

男の一人暮らしだ。椅子には脱いだ服が掛けられっぱなしで、テーブルには朝食で食べ終えた空っぽの皿が乗ったまま。リビングのローテーブルの上には仕事道具であるアニメ台本やアフレコ用のサンプル動画の入ったＤＶＤが散乱していた。お世辞にもキレイにしているとは言い難い。

理央が来ると分かっていれば、念入りに掃除と片付けをしていたのに。格好つけて強引に理央を連れてきた数分前の自分が恥ずかしい。理央の見ていないところで廊下の壁に手をついて反省する。

理央に着せたジャケットを受け取り、代わりに部屋着として使っているフリース素材の上着を理央に渡し寛ぐように促した。

「何か温かいものを用意するよ」

「俺も手伝います」

「理央はお客様だから寛いでいてくれ」

「いえ、お邪魔したからにはお手伝いします」

「かしこまらなくていいから」

「でも」

くだらないことで押し問答になってしまい、目が合うとどちらからともなく笑い出した。

「ありがとう。今日は僕に任せてくれないかな、次回来た時はぜひ手伝ってほしい」

「分かりました」

理央はぱっと表情を明るくして頷いた。理央を引き下がらせ、ついでに次回来訪の約束を取りつけるとは、恋愛音痴としては頑張ったのではないかと自己評価する。

理央を座らせてからキッチンへ向かい湯を沸かす。三苫は普段コーヒーを飲むことが多いが、この時間に高校生に与えることは好ましくない。キッチンを出てリビングのソファに座った理央を覗《のぞ》き見て、理央に気付かれぬようにキッチンの引き出しの中を急いで捜索した。するとレモネードの粉末が出てきた。買っていた過去の自分に感謝する。

レモネードを注いだマグカップをふたつ持ってリビングへ行く。

理央がレモネードに口を付けたのを見届けてから、三苦は理央に向き直った。

「契約の条件を確認しておこう。僕は理央が番になってくれることを条件に君に融資する。大学四年間の学費を肩代わりしよう。君はオメガになり次第、僕の番になってもらう」

理央は真剣な面持ちで頷いた。

「はい。異論はありません。ひとつ、お願いがあって」

ちらちらと三苦を見ながら、理央は言いにくそうに口を開いた。

「俺は大学生になったら施設を卒業したいんです。施設の部屋はいつも満床なので後輩に引き渡してあげたくて、施設を出たらご迷惑だと思うのですが三苦さんのところにご厄介になれないでしょうか」

「構わないよ」

三苦が即答すると理央は顔を上げて目をぱちくりさせた。

「いいんですか?」

「ああ。番になれば結婚したも同然だろ」

「三苦さんて、心が広いんですね……」

理央は感心している様子だが、心が広い人間がオメガと契約結婚をしようとは思わないだろう。

「理央、ひとつ約束してほしい。僕は君を契約に縛りつけて嫌な思いをさせたくない。嫌なことは嫌だと言ってくれて構わない。君がオメガになるまで時間がある。君は君の物差しで僕が君の伴侶としてふさわしいか、見定めてほしいんだ」

契約だからと強引に話を進めることもできたし、当初の三苦はそれでいいと思っていたが、この三苦の提案は裏を返せば、まだ契約が完了したわけではないということだった。

純粋な理央に契約を押しつけるのは良心が痛む。見合いを断りたいと潜在的に思っていた理央にできるだけの配慮をしてあげたかった。

気持ちの伴わない契約の虚しさは両親を見て思い

知っている。できれば理央に自分を好きになってほしい、心を交わして番になりたいと思う。

オメガ嫌いの三苫だが、好意を寄せる理央とならば精神的にも肉体的にも強い絆《きずな》で結ばれた運命の番になれるのではないか。そんな期待に心がときめいた。

「気を遣っていただいて、なんだか不思議です。三苫さんはアニメ界隈？　では超人気者だと聞いていたので、俺に初対面で番になってほしいって言うくらいだから、自分の意志を通す強引な人なのかと思っていました」

三苫は苦笑するしかない。本当に人気声優というレッテルは三苫という人物の第一印象をミスリードしてくれる。

「あの時の僕はどうかしていたと僕自身も思う。それだけ君が魅力的だったってことで、許してほしい」

「………は、はい」

さらりと口にされた賛辞に理央は照れて頬をかいた。

上昇する体温を誤魔化《ごまか》すように理央はテーブルの上に無造作に置いてあったテレビアニメの台本を触った。

「これってアニメの脚本ですか？　俺、初めて見ました」

「触らないでくれ」

三苫が反射的に低く冷静な声で理央を制し、理央は手を引っ込めた。

「ごめんなさい」

謝罪されて、三苫は怖がらせてしまったかと慌てた。

「ごめん、まだ放送されていない回のものだから守秘義務があるんだ。関係者以外に見せるわけにはいかない」

テーブルの上に広げていた台本とアフレコ用DVDを急いで片付ける。

「そうですよね。なんてタイトルですか？　三苫さんはなんていう役なんですか」

「……」

「三苦さん?」

「ごめん。君と仕事の話は……その、したくないんだ」

理央に仕事の話はしたくない。人気声優としての評価を抜きにして理央とは付き合いたかった。

三苦が黙り込むと、理央は察してくれたのかそれ以上は何も聞いてこなかった。

暗くなってしまった空気を払拭しようと、話題になりそうなものを探してきょろきょろと部屋の中を見回した理央が、声を上げた。部屋の中で存在を主張している壁際に広がった本棚に近付くと、並べてあったフィギュアを指差した。

「これって『ソリッドキラー』のフィギュアですよね。すごいたくさんあるっ」

「知ってるのかい?」

『ソリッドキラー』はゾンビのようなグロテスクな怪物たちが画面狭しと主人公を襲う米国製作のパニックホラー映画だ。欧米では人気が高く、シリーズ化されている。怪物は人型であったり動物であったり種類が様々で、肉が腐ったドロドロした外見で三苦はその可愛いとは言えない怪物たちに愛着があり、フィギュアを集めていた。日本では大してヒットしなかった作品を高校生の理央が知っているとは意外だった。

「数年前にシリーズを一気見してハマってた時があって。よく三苦さんこれだけ集めましたね」

「そ、そうなんだよ。こっちはガチャガチャで、こっちはペットボトルのおまけ、取扱店が少なくて入手に苦労したんだよ。そっちの大きい物は日本では販売されていないモデルで、ネットオークションで買った」

「見たことないなと思ったんです」

大概の人には見向きもされないガラクタのフィギュアに理央は感心して目を輝かせてくれている。

「三苫さんが『ソリッドキラー』を好きだなんて、嬉しいです」

「こ、こちらこそだよ」

好きなものを否定されない喜びに三苫は大人げなく興奮してしまった。

「理央は洋画は字幕で観る派？　それとも日本語吹き替え派？」

三苫が誰かと映画の話をする時の定番の質問だ。

「俺は特にこだわりないですね。最近の映画館の上映だと字幕と吹き替え、両方やっている作品って少なくなってきてますし、ちょうどいい時間に観たい方の上映がないことがあるので、こだわらないようにしてます。三苫さんは？」

「僕はどっちも観るかな」

三苫の場合、吹き替えの仕事が舞い込むこともある。その場合はまず原盤の映画をじっくり観察し、キャストの喋り方や息継ぎを参考にして、日本語の演技を当てていくのが三苫のやり方だ。仕事で関わらない作品でも字幕版、吹き替え版どちらも気になってしまうのは職業病かもしれない。

「三苫さんは映画が好きなんですね」

理央も声が弾んでいた。

仕事以外で外に出てファンやオメガに絡まれるのが嫌なインドア三苫の唯一の趣味が映画鑑賞だ。

「ああ、邦画より洋画を観ることが多いかな、アクション系が好きで」

「俺も好きです。三苫さんのおすすめ教えてください」

「それなら……って、受験生におすすめはできないよ」

「あ、そうでした。残念……」

理央は眉を八の字にして笑った。共通の趣味があり、フィギュア集めを否定しない理央に親近感を覚える。理央の前では自然体で話せている自分に気付き三苫は温かい気持ちになれた。

「頑張っている受験生にお守りをあげよう」

「えっ」

　三苫はペットボトル飲料のおまけに付いていた全九種のフィギュアの中から、青い豚のゾンビをひとつ選んで理央の手のひらの上に乗せた。ポタトという名前の青い豚は吐血しており、映画の中では時折目ん玉が飛び出て、走ると潰れて足手まといになるというゾンビのくせに怖さの足りないコミカルな役で『ソリッドキラー』のマスコット的存在だ。

「ポタト……俺、大好きなんです。バイトで貯めたお金で去年は『ソリッドキラー』のＤＶＤとポタトのぬいぐるみを購入しちゃったくらい。……でもせっかく全種類揃っているのに俺がもらうのは悪いです」

「一緒に暮らす日が来たら、理央がこの棚に戻してくれないか。それまでは理央に持っていてほしい」

　実はポタトは三苫が日本語吹き替え版の声を担当している。三苫にとっては分身のようなものだった。

　理央はそのことを知らないだろうが、大事そうにポタトを手のひらに包むと、嬉しそうに頷いてくれた。

「分かりました、ポオっす！」

　理央がポタトを真似して敬礼を返してくれる。

『ポオっす』はポタトオリジナルの挨拶だ。原盤の映画では『ＨＥＹ』という台詞なのだが、俳優が独特の言い回しをしているので破壊力のある台詞である。日本語吹き替え版では演出家と三苫で相談し、より強烈な印象を与えようと「ポオっす」という挨拶を生み出したのだ。三苫がポタトをやった日本語吹き替え版を理央が観ていてくれたことが分かり、単純に嬉しかった。

「さあ、今日はもう休もう。明日の朝、君の家まで送るよ。僕はソファで寝るから理央は寝室のベッドで寝るといい」

　理央にパジャマ代わりの服とバスタオルを渡し、風呂に入るように促す。衣類を受け取り、理央は両腕で抱き締めてから背中を向けると軽快な足音をたてながら、風呂場へと続く脱衣所へ入った。

目の前から理央がいなくなり、三苫は脱力しその場にしゃがみ込んだ。理央の前では自分を取り繕わなくていいけれど、理央に嫌われまいとして気を張っていたらしい。

シャワーの音が聞こえてきて、大人げないがどぎまぎしてしまう。理央の背中にはあの翼の痣があるかと思うと覗き見したい衝動に駆られて、三苫は激しく頭を振って邪念を払った。

出会ってその場でプロポーズ、二回目で同棲の約束まで取りつけた。十分暴走しているのだ、下の事情まで暴れてしまっては大人としての品格が崩壊する。

理央は高校生、未分化でオメガにすらなっていない。オメガでない理央にはアルファの三苫と身体を繋げるのも負担が大きいだろう。アルファとセックスするとオメガの本能が刺激され発情期を引き起こすと聞いたことがある。理央をオメガにさせるならセックスするのが手っ取り早いのかもしれない。理央をオメガに……胸の奥がざらつくのに三苫は気付かないふりをした。

風呂場から理央の鼻歌が聞こえてきた。三苫も知っている『ソリッドキラー』の不協和音満載の主題歌だった。けっして明るいとは言えない曲を楽しそうに口ずさむ理央が可愛らしくて、三苫もつられて歌い出す。するとうかれた三苫の気分に水を差すようにインターフォンが鳴り響き、理央の歌声を掻き消した。

理央との時間を邪魔されるのも腹が立つが、こんな時間に来訪してくるのは非常識だろう。

ダイニングと廊下の繋ぎに設置されているインターフォンを応答にすると、下のエントランスにあるカメラが映し出した慌てふためく男は、三苫のよく知る人物だった。

「村田？」

「三苫さん！　藤代くんと一緒ですか？」

村田は周囲を気にしながら小声で話しかけてきた。

「ああ、一緒にいるが……一体どうしたんだ」

「三苫さんがスタジオを飛び出していったので心配になって来てみたら、マンションの前に記者らしき車が停まってます。まずいです。理央くんは僕が送り届けますから、三苫さんは家から出ないでください」

村田は早口で説明した。展開についていけず三苫は慌てる。

「ちょっと待て。記者が僕を狙っているって？　まさか」

テレビタレントでもない三苫が週刊誌のネタになるとは信じられない。

「今週刊誌にバレるのはまずいですよ。理央くんを引き渡してください」

確かに万が一にも婚約が週刊誌を通してファンに知れ渡ることは望ましくない。

でも。

「三苫さん、どうしたんですか」

濡れた髪にタオルをかけた理央が湯気を上げながら出てきた。三苫に借りたパジャマ代わりの服はぶかぶかで袖を捲っている。

理央と離れたくないと思ってしまった。

だが三苫のわがままを通すことは危険なことだ。騒動を招いてしまい、理央に負担をかけてしまうことはあってはならない。

事情を話すと理央は村田と帰ることをあっさり了承してくれた。

あっさり過ぎて、理央が自分を好いてくれているのか自信をなくすほどだった。

自分の服に着替えた理央が、リュックを背負って玄関にしゃがみ込み靴を履いている。三苫が口を閉じたまま見守っていると、理央も空気の重圧を感じてか黙ったままだった。

「三苫さん、行きますね」

立ち上がって玄関扉を背にした理央が別れを告げ

る。その手のひらにはポタトが握られており、理央はポタトと一緒に手を振ってみせた。錯覚かもしれないが、その仕草は名残惜しさを振り払おうとしているように見えて離れ難いと思っていた三苫は「理央」と情けない声で名前を呼んでしまった。

「外まで見送りできなくてごめん」

「そんな、その言葉だけで十分です」

理央は柔らかな笑顔を残して三苫のもとから去っていった。

ベランダから顔を出して帰っていく理央を見送りたかったが、記者に気付かれては厄介だ。ぐっと堪《こら》えた。

だから肌寒い夜の空気の中、理央が村田の車に乗り込む前にマンションの三苫の部屋のあるあたりを見上げたことを、三苫は知らない。

待ち合わせの時間に遅れそうで、三苫は謝罪の言葉をスマートフォンに早打ちしてメッセージを、その後に連続して土下座するキャラクター画像を送る。

午後二時、靖国《やすくに》通りは混雑しており三苫を乗せた車は立ち往生していた。

「村田。まだ着かないのか」

思わず運転席にいる村田に悪態をつくと、呆れた様子でため息をつかれた。

「渋滞中です。黙っていてください」

村田の口が悪くなっている。三苫が向かっている先は仕事場ではなく、村田は仕事ではなく善意で送迎してくれているのに、三苫に急《せ》かされてばかりいるのだ。無理もない。

車内からビルに囲まれた空を見上げれば、黒い雲が立ち込めている。季節は梅雨に入り、雨の日が続いていた。

待ちぼうけをさせている理央が濡れない場所にい

てくれているか、三苫は心配でならない。初めて理央から連絡をもらった日に、マンションエントランスで長時間待ち続けていた理央のことだ、雨が降っても待ち合わせ場所から動かないのではないかと思う。

理央と契約をしてからふたりは三苫の仕事の合間をぬって人目を気にしながら短い逢瀬《おうせ》を重ねている。はじめは若く聡明な理央が三苫と契約してくれたということが信じられず、会う約束をすれば本当に理央が来てくれるのか、実はからかわれているだけなのではと気が気でなかった。高校生の理央が一回り歳の離れた自分を気に入ってくれるわけがない、と。

しかし理央は約束の時間通りに会いに来てくれ、勉強の話や映画の話をして帰っていく。その笑顔に邪気はなく、理央が三苫を信頼しようとしていることが伝わってきた。

三苫は男子高校生の理央に惹かれているという自分の気持ちに戸惑いが消えたわけではなく、三十路《みそじ》のおっさんがうら若い理央の人生を好きにしていいわけがないという罪悪感が腹の底に漂った。だが毎回ポタトを大事そうに持ち歩いてくれる理央に会う度にそんなことはどうでもいいと思うくらいに、この子を誰でもない自分が幸せにしなくてはという使命感に駆られるのだった。

オメガの番が欲しいと金をちらつかせて見合いをする得体の知れない相手を理央は信じたいと言ってくれたのだ。

理央のためにも、契約は守らなくてはならない。会う度にお互い婚約者としての自覚ができてきている気がする。信頼関係は小さな約束の積み重ねで構築されていく。だから、理央との待ち合わせ時間には遅れたくないのだ。

ようやく渋滞の列を抜け出して、三苫を乗せた車は目的地である大通りに面した大学の黒い門の前に停まった。

慌てて車を飛び出し、大学名の刻まれている門柱の横で制服を着て、スマートフォンを見つめている理央を見つけた。

「理央！」

はっと顔を上げて、三苫を捉えると柔らかな表情で笑ってくれる理央に、待たせて申し訳ない気持ちと会えて嬉しい気持ちがないまぜになる。

「待たせてごめん」

「いえ、今日はお忙しいところありがとうございます」

今日の待ち合わせ場所はいつもの理央の高校近くのカフェではなく、理央が受験する予定の大学前であった。受験生に大学の雰囲気を知ってもらおうとこの大学では構内を一般公開しており、大学見学に理央は三苫に同行してほしいと願い出たのであった。

「あのやっぱり見学に三苫さんに付き合ってもらうのは、契約外じゃないですか」

理央は何かをしようとする時、契約外ではないかと確認してくる。お互いが嫌なことはしないという約束を律儀に守りたいようだ。仕事が忙しい三苫に無理をさせていないか気になるらしい。

「僕も理央が行きたい大学に興味があるよ」

三苫が来たくて来ているのだと伝えると理央は少し安心したようだった。

それに食事をする以外で理央と外で会うのは初めてだ。これはひょっとすると、デートではないのかと手に汗握る興奮を抑えきれない。

「三苫さん財布忘れてますよ」

「うわっ村田」

三苫の後ろから財布を持った村田に声をかけられた。慌てて車から飛び降りたため、財布を座席に忘れてきていたようだ。

「気を付けてくださいよ……では二時間後に迎えに来ますからね」

「ああ、ありがとな、よろしく」

財布を渡し、村田は理央に軽く会釈をして車に戻っていった。村田は何も言わないが、未だに三苫が契約結婚をすることに困惑しているようだった。

三苦は仕事を抜け出してきたのだ。理央と一緒にいられる時間は長くない。

理央に先導され正門をくぐると小さな小屋の守衛室があり、そこで入場許可のパスをもらって構内に入る。名簿に名前を書いていると、理央と三苦の顔を交互に見て警備員が聞いた。

「親御さんですか?」

三苦としては自分は理央ほどの年齢の子供がいるように見えるのかと傷つく質問でもあったが、返答に躊躇《ちゅうちょ》する。横にいる理央は困ったように三苦を見上げた。

契約者、婚約者、恋人。ふたりの関係性を表す言葉がいくつも頭の中を過《よぎ》り、でも到底理解されないだろう関係を他人に宣言するのはどうなのだろうかと悩んでいると、警備員がひとり納得した様子で言った。

「ああ、親戚の方ですかね」

「あ、はい……」

思わず頷いてしまう。嘘をついてしまったという後ろめたさが残ったが、訂正するのもおかしな話で、そそくさと守衛室前を通り過ぎた。

木々の生い茂る構内のメインストリートをふたり並んで歩く。理央は俯いてぎこちなく三苦から距離を取った。もしや三苦が親戚であると同意してしまったことにショックを受けているのではないかと思い当たり三苦は動揺した。

「理央、その、嘘ついてごめん」

ふたりの関係は秘密にしなくてはならないことは理央も分かっている。

「いいんです。俺たちが恋人同士だなんて、誰も気付かないですよね」

口では物分かりのいいことを言っているが、どことなく寂しそうだ。

「……恋人?」

理央の形容した関係性を三苦が繰り返すと、理央はしまったというように口を手のひらで塞いだ。

「あ、すみませんっ、俺なんかが三苫さんの恋人だなんておこがましいですよね」

「いいや」

理央が口を隠してしまった手を下げさせる。

「契約関係にあるけど、僕は理央の恋人になりたい」

仕事では何度も大切な人を妄想して愛の告白をしてきたけれど、本心から恋人になりたいと思えたのは理央が初めてだ。

「俺が三苫さんの恋人」

熱い視線が絡まり、理央は切なげに息を吐き出した。ふたりとも胸が詰まって黙り込む。お互いが同じ想いを持っているのだと初めて感じられた。嬉しさと恥ずかしさ、緊張感に走り出したい衝動に駆られる。

これが恋をするということなのか。

ベルが鳴ると、何限目かの講義が終わったのか建物から学生たちが出てくる気配がある。

「……行きましょう」

理央が顔を上げ、力強く三苫を誘導した。

大学構内は広く、何棟もの学習棟や実習棟が連なっている。理央は事前に調べていたらしく、まずは入試課と呼ばれる受験生のための窓口へ寄って願書をもらい、講義中の教室には入れないが気になる学科の学習棟を外から眺めた。

構内ですれ違う学生たちの様子からも穏やかな校風だということが分かる。国際学科があることもあり集う人種も様々で、人を差別せず自由を愛する校風に未分化として苦労して生きてきた理央が憧《あこが》れるのは分かる気がした。

「理央は何学科志望なんだい？」

「それが迷ってまして。特に将来何になりたいとか、夢とかなくて」

生まれてこの方不景気だと言われ育った世代だ。壮大な夢より堅実な生活を求めることが癖になっている。

日本人と外国人留学生の仲睦まじく手を繋ぐカップルとすれ違った。理央はその姿を追いかけるように目を動かした。カップルに気付かれ失礼に思われないかとひやひやしたが、もしかして人前で恋人同士だと主張する彼らを羨《うらや》ましいと思っているのだろうか。

「あ。三苦さん、あそこに農学部の温室があって小さな動植物園になっているんです。一般人も入れるそうなので行ってみましょう」

とてもデート的なスポットに理央は嬉々《きき》として走って向かっていった。

温室入り口のビニールを掻き分けて中へ入ると見たことのない植物が並んでいる。中には三苦たち以外に来訪者はおらず、動物のいる独特の匂いが漂う。

「イグアナお散歩中」の看板に、三苦は足元をきょろきょろして近くにいないか確認する。小さな小屋の中には鶏と豚がおり、縄で繋がれたヤギが小屋の外でのんきに餌を頬張っていた。

「三苦さんっ、白ヤギさんですよ」

理央は臆《おく》することなく、ヤギに手を伸ばしその頭を撫でた。好奇心旺盛で生き物に優しくできる理央は本当にいい子だと思う。一方の三苦は足が止まり、ヤギに近付こうとしない。

「三苦さん？　動物苦手ですか？　大人しい子ですよ」

理央に呼ばれ、恐る恐る近付く。ヤギは理央に撫でられても草を食べることをやめずマイペースである。勇気を出して手を伸ばすと、ヤギがくしゃみをして三苦は驚いて仰け反った。三苦のリアクションに理央から思わず笑い声が出る。

「動物が苦手なんて意外ですね」

「可愛いとは思うよ、近付かなければ」

三苦は予想できない行動をする動物や幼い子供は苦手であった。

ヤギに唾を付けられた手をハンカチで拭きながら、後ろへ下がり距離を置く。

「俺が三苦さんの家で動物を飼いたいって言ったらどうしますか」

「勘弁してほしい」

本音をこぼす三苦に理央は笑みを深め、ヤギを優しく両手で撫でた。

苦手な動物のいる空間で穏やかな時を過ごせているのは、理央の力が大きかった。理央といると普段人気声優として気を張っている自分を忘れることができる。自然体でいられることが心地よかった。

小屋の中を覗き込んでいる理央の隣に立つ。

握り締めた手のひらを開き、隣の理央の白く細い手を握った。先ほど見かけた日本人と留学生のカップルのように、手を繋いだ。人前で手を繋いで歩くことはできなくても、人目を忍んで触れ合うことはできる。理央は目を丸くしたが振り払われはしなかった。

「ここなら誰も見ていない」

頭上から囁くと理央は頬を赤く染めた。弱々しく三苦の手のひらを握り返してくれ、身体中にときめきが満ちていく。

人目のあるところでこうして手を握ることはできない。一般的なカップルのように人気のデートスポットへ行くこともできない。守衛室であったことのように今後対外的には理央に隠し事をさせることは増え、純粋な彼には辛いものを背負わせることになる。

だから。

せめて人目のないところでは恋人らしくいよう。理央のことが大切だと、全身で伝えよう。

三苦の想いは理央さえ知ってくれていればいい。

「おれ、人と手を繋ぐのは久しぶりで……体温ってほっとするんですね」

指を絡ませて皮膚がくっついてしまうのではないかと思うほどふたりの体温が混ざり合った。

「ああ、僕は緊張してすごくドキドキしてる」

「三苦さんも？　契約をしたのも、知らない人を信じてみたいと思ったのも恋人同士で手を繋ぎたいと思ったのも初めてです。三苦さんはたくさんの初めてをくれます」

「僕もだよ。理央にどう接したらいいのか悩んでばかりだ。初めて同士、少しずつ歩み寄っていこう？」

「はい」

強く手を握り返して、理央は嬉しそうに頷くと、メェとヤギの鳴き声が響く。

「白ヤギさんが見てます」

口を動かしながら何を思っているのか分からないが、こちらをじっと見ているヤギにふたり顔を合わせて声を上げて笑った。

動植物園を出るとふたりは学生食堂へ向かった。学生向けらしく安く量の選べるメニューが揃っていた。配膳の列に並んでいた学生に評判を聞くと味は絶品とまではいかないが、食べ盛りの学生たちにはありがたい存在だという。

おやつ時なので飲み物だけを注文して窓際の席に向かい合って座った。理央はもらってきた願書を広げる。

「この大学の印象はどうですか」

理央に聞かれ、学内を探索した感想を述べる。

「どうして僕を連れてきたんだい」

なんとなく気になっていた。三苦は大学に進学しなかったので良し悪しは判断できない。同行者として頼りになる存在とは言えないだろう。三苦よりも同じ受験生の友人と来るのがいいのではないかと思っていた。

「えっと三苦さんは……出資者なので俺が行きたい大学のこと知ってほしくて」

予想通りの答えが返ってきて、まあデートもできたしいいかと思っていると理央が願書に書き込みをしようと布製の筆箱を取り出した。開けると筆箱の中から筆記用具だけでなく枯れ葉がたくさん出てきた。筆箱から出てくるものではないものの登場に、驚いて凝視してしまうと、理央が慌てて三苦に隠すように筆箱の中に枯れ葉を入れ直して口を閉めた。

「落ち葉拾って筆箱に入れておいたの忘れてました」

理央はまるで自分が入れたかのように明るく言ったが、常識で考えて高校生が筆箱に落ち葉を入れるとは考えにくい。それに入っていた落ち葉は例えば栞《しおり》にできそうなキレイなものではなく、虫食いの跡がある枯れてぼろぼろになったもので、好き好んで拾うはずがないと思われた。

落ち葉を忍ばせたのは理央ではないのだろう、だとすると誰が仕込んだのか。

「理央」

「あれ、藤代くん」

理央を問い詰めようとした時、通りかかった学生から声を掛けられた。黒髪でミディアムボブの女性と判別がつかないほどの中性的な面立ちの少年であった。日本人形のような切れ長の目をしていて、右目の下にある泣きぼくろが色っぽい。白いシャツにベストというどこか時代錯誤な風貌で、夏だというのに汗すら掻かなさそうな涼やかで清潔感のある出《い》で立ちだが、その流し目はぞくりとするほど刺々《とげとげ》しかった。

「久須美《くすみ》くん」

彼を見て理央は驚いて三苫と久須美の間に立った。三苫は口元を押さえ久須美の視線から逃れるようにして表情を険しくした。人気商売を営む者として初対面の人には好感を持たれるよう態度には気を付けているが、彼の前では取り繕うことができなかった。

警戒する三苫に理央が彼を紹介してくれた。

「えっと、こちらは久須美柊《しゅう》くんです。俺のいる施設の卒業生で、ここの在学生なんです」

理央は久須美と三苫と交互に向き合いながら双方に気を遣わなくてはいけないと思っているのか、ずいぶんと慌てた様子だった。

久須美は耳にかかる髪を掻き上げる。

「はじめまして」

「……はじめまして」

舐めるような視線に蛇に睨まれた蛙《かえる》のように緊張が走った。

気のせいか、理央も久須美のゆったりとした動作に怯えているように見えた。

彼はオメガだ。

オメガフェロモンの独特の匂いは感じないが、アルファやベータを誘惑し手籠《てご》めにしようとする狡猾《こうかつ》さを彼から感じ取った。オメガに悩まされ続けている三苫は警戒してしまう。

しかしオメガでありながらここの学生になったということは相当の努力をしたのだろう。理央が先輩を立てるように接しているのは理解ができた。

「見学をすすめてくれたのは久須美くんなんです」

「三苫さん、ですよね」

久須美が三苫のことを知っていたことに身構えると理央が仲介する。

「ごめんなさい、俺がお見合いする前から久須美くんに相談にのってもらっていたので」

理央はオメガの先輩である久須美から色々アドバイスをもらい、世話になっているのだと正直に説明した。未分化である理央はこれからオメガになるに当たって不安なことも多いのだろう。相談にのってくれる人がいることは心強い。だがどこか理央は不安そうな表情で、三苫と久須美に挟まれて落ち着かない様子だった。

三苫からすると久須美は油断できない人物だった。

久須美が理央に耳打ちをし、内緒話をしている様子は歳も近い友人のふたりが仲睦まじく接しているように見え、当たり前のことだが三苫の知らないところで理央が友人を作り交流をしているのだと思うと、もやもやした。三苫が知らぬ間、理央はどんな人たちとどんな交流をしているのだろう。理央と三苫は歳が離れているからか理央はいつも敬語であるし、友人同士のような気やすい空気はない。

「いいだろ、藤代くん」

「……でも」

久須美に肩を叩かれて理央は躊躇しているように も見えたが、小さく頷くとお手洗いに行くと言って離席し、三苦は久須美とふたりきりになった。

久須美は笑顔で理央を見送っていたのに、三苦とふたりきりになると、真剣な表情になった。

「本当に藤代くんと契約したんですね」

祝福しているとは思えない複雑な呟きだった。

「君は納得していないのかな、オメガの久須美くん」

「さすが優良アルファの三苦さん。オメガを見分けるのはお得意なんですね」

先に性別を見抜いて先制してやろうとしたが、久須美は動じない。

理央は周りの皆は見合いに賛同してくれたと言っていたが、契約結婚である。反対する者がいて当然だろう。三苦の周囲も村田のように祝福してくれない者もいる。

「あなたも先ほどの落ち葉を見たでしょう」

筆箱の中から溢《あふ》れ出した枯れ葉が思い出され、三苦は息を呑んだ。

「藤代くんは学校でいじめを受けているみたいなんです」

予想通りのことに、三苦は静かに頭を抱えて目を閉じた。

「学校には報告したのか」

「いいえ。本人が頑《かたく》なに否定するので。いたずらの範囲内だと言われたら、何もできることがありません」

未分化であるがゆえ、思春期の子供たちの標的になりやすいということは安易に予想できる。心優しい理央は、自分が我慢すれば済むことだと思っているのだろうか。

「学校の生徒たちはほぼベータです。自分たちと違うから、未分化だからといってないがしろにされるなんて、僕はベータを許せません。藤代くんは、半分は彼らと同じベータなのに。僕にはベータの中で居場所を見つけられなかったから藤代くんがオメガになることを決めたように見えました」

知らなかった、理央の未分化として生きてきた世界。あんなに真っ直ぐで、三苦のことを信じたいと言ってくれた純粋な子が、学校で同年齢の気心のしれた友達もいないなんて酷なことだ。居場所を見つけられなかった理央が逃げたくなるのは自然なことだろう。

久須美は三苦の反応を見て、友人の契約者としてふさわしいのかと試しているのかもしれなかった。

「あなたに会ってから、どうしたら早くオメガになれるのかと相談されました。オメガになれば三苦さんの役に立てる、と」

「理央が……」

そんなことを考えていてくれたとは知らなかった。真剣に三苦と番になることを考え、三苦の役に立ちたいと思っていてくれたなんて。

しかしそれがいじめから逃避したいがゆえの結論だとしたら、契約を遂行することは理央のためになるのだろうか。

「あなたは僕を見て不快な顔をされていましたし、オメガという存在に過敏になっているから発情期でもない僕をオメガだと判別できる。三苦さんはオメガが嫌いですよね。あなたは自分の都合と保身のために藤代くんを大嫌いなオメガにさせようとしている。それっておかしくないですか」

久須美の追及は、三苦が目を背けていた事実を抉《えぐ》り出した。

離席していた理央が戻ってくると、久須美は席を立った。

「あの、ふたりで何を話していたの」

「別に。僕は次の講義があるから行くね。またね藤代くん」

久須美は三苦の横を通り過ぎる瞬間、冷たい一瞥をした。彼が背を向けていた理央は気付かなかっただろう。

理央が手を振って久須美を見送るのを、三苦は険しい表情で見ていた。

久須美の指摘通り、三苫は第二の性別で差別が起きることは好ましくないと頭では分かっていても、これまでの経験からオメガと関わることを恐れている。初対面の久須美を警戒してしまうのも、オメガに対して自然と嫌悪感を抱いてしまうからだ。

「久須美くん、なんて言ってましたか……？」

「大したことじゃない、世間話だよ」

久須美との会話の内容を話すのは憚《はばか》られた。

理央がふたりの会話内容を気にしているのは久須美がいじめを告げ口すると予感していたのだろうか。今は自分よりも久須美の方が理央について詳しく知っているのだと思うと、腹の底がねっとりと重くなる。

オメガを毛嫌いしている三苫が、理央に対しては疑うことなく嫌悪感を抱くことがなかったのは、彼が未分化であったことが大きいのだと改めて思う。思っていたよりも自分が差別的な人間であったことに、三苫はショックを受けた。

では、理央がオメガになった時、三苫は彼を恐れずにいられるのだろうか。

「三苫さん？」

黙り込んでしまった三苫を理央が心配そうに覗き込む。

可愛らしく小首を傾げて三苫を気遣う姿を煩わしく感じ、理央を蔑《さげす》む自分の未来が見えた気がして、三苫は恐ろしくなり唇を噛んだ。

会話がなくなったまま、ふたりは食堂を出た。そろそろ村田が迎えに来る時間だ。

歩いてきた道を戻り、真っ直ぐに門を目指す理央の背中を追う。

不確定な未来を憂いてもしょうがない、今できることは何か、三苫ごときが理央に何をしてあげられるのだろう。理央が辛い思いをしているのだとしたら手を差し伸べなくては。恋人として、人として。

「理央」

大学の正門をくぐる、デートが終わる前に服の下に翼を隠した背中に声をかけると、理央は髪を揺らめかせながら振り返った。

「君は学校で嫌がらせをされているのか」

雲が流れ、理央に影を落とす。理央は表情を変えなかった、まるでそう三苫に聞かれると分かっていたようだった。その微動だにしない表情に三苫の疑問は事実なのだろうと直感する。

「いいえ」

「じゃあ、さっきの落ち葉は」

「俺が自分で筆箱に入れました」

「そんなわけ」

「入れました」

理央の意志は固く、三苫は踏み込むことができない。

「理央、本当のことを教えてくれないか。君が傷ついているとしたら、僕は力になりたい」

三苫が腕を伸ばすと、理央は後ろに下がり逃げた。

「言えるわけないじゃないですか」

理央は目を瞑り吐き捨てるように言った。

「三苫さんに迷惑はかけない」

門の前に村田の車が停まっており、こちらに気付くと軽くクラクションを鳴らした。

「村田さんが待ってますよ、早く行きましょう」

「理央！」

話を逸らそうとする理央を今度は強引に引き止めた。

「お願いだ、教えてくれ」

「……契約外です。話したく、ありません」

契約を振りかざした拒絶に三苫は理央の手を離してしまった。自分では理央の心を開くことができないのだろうか。理央は三苫を信じたいと言ったけれど、本当は全く信頼されていないのではないか。

「三苫さん、早くしてください」

時間に追われている村田が車から顔を出し声を上げた。

別れの挨拶も満足にできないまま、車に乗り込む。理央は手を振って見送ってくれたけれど、表情は固いままだった。

初めてのデート、恋人同士であると互いの気持ちを確認し、手を繋いで触れ合うことで理央に近付けた気がしたが、全部幻だったのだろうか。


それから一週間が経ったが、理央から連絡は来なかった。

約束通り、番になることには関係がないと契約外のことには触れずに今まで通り接することもできたかもしれない。けれど今も理央が小さくとも傷ついているのだとしたら、三苫は放っておけなかった。

理央のためにできることはないかと、三苫はこっそり理央の通う学校へ電話をした。なんとかクラス担任まで取り次いでもらえたが、三苫が保護者ではないと分かると「いじめの事実はない」と冷たくあしらわれてしまった。

学校に認めさせ、加害者側をあぶり出すことができたとしても理央が問題とすることを嫌がっているのだ、いじめの実態を解明することはできず、なあなあに事態は収束するだけだろうか。

理央ときちんと話をしよう。一番大切なことは、学校や加害者を追い詰めることではなく理央の傷をこれ以上広げないことだ。

夕方に仕事が終わった日、三苫は村田に頼んで理央の通う高校まで車で送ってもらった。

下校する生徒たちの姿はまばらであった。理央とすれ違いになってしまったかもしれない、急いで車から降りて仕事に戻る村田を見送った時、三人の男子生徒が何かをキャッチボールするように投げ合いながら校門から出てきた。その投げられているものを追いかけて理央が青白い顔をして走ってきた。

「返せ」

理央が取り戻そうと手を出すと、それは違う生徒へと投げられてしまう。またそれを追いかけて理央は受け取った生徒の方へと走り出す。その繰り返しに生徒たちは笑っており、理央を右へ左へ翻弄することを楽しんでいた。

理央の物を奪い、彼の慌てる姿を見て嘲笑っている生徒たちの身勝手さにカッと頭に血が上って、三苦は怒気を放ちながら生徒と生徒の間に入り込み、放物線を描いて飛んできたものを奪い取った。

「み、とまさん……」

自分のテリトリーである学校に現れた三苦に理央は驚き、三人の生徒たちは突然の激怒している大人の割り込みに動揺したが、すぐに面倒なことになったと気付いたのか瞬く間に逃げていく。

「待て！」

「やめてください三苦さん」

追いかけようとした三苦を理央がしがみつき引き止めた。

「犯人はあいつらか」

「違います、違いますっ」

現場に遭遇したというのに認めようとしない理央の強靭な意志が許せなくも、悲しくもあり、悔しいまま三苦はようやく力を抜いた。

手のひらを開き、取り返した青く固いものを見るとそれは三苦が理央に託したポタトのフィギュアだった。

理央に差し出すと大事そうに両手でそっと受け取る。

「ありがとうございます。無事でよかったポタト……」

心底安心した様子でポタトに頬ずりをする理央に、三苦は胸が痛くなった。

理央がポタトを大切にしてくれていることは嬉しい。けれど三苦が託したせいで、理央が大切にしているところを他の生徒たちに目を付けられて、奪われからかわれることになってしまったのかと思うと、三苦がポタトを渡さなければ理央がこんな目にあうことはなかったのではないかと考えてしまう。

「彼らはクラスメイトで、俺がポタトを持ち歩いているからちょっとからかわれただけです」

「……分かった」

ポタトを奪われて不安だっただろうに、生徒たちを庇《かば》う理央に免じてそれ以上の追及はしなかった。

こうして何度も理央は傷ついた自分を埋葬し続けてきたのだろう。悪循環は止めなくてはならない、しかしどうしたら理央の気持ちを聞き出せるのだろうか。

「もし今度同じことがあったら、取り返そうと思わないでいい」

たかがペットボトルのおまけだ、理央がからかわれることの方が心が痛い。

「嫌です。ポタトは俺の大好きなキャラクターですし、このポタトには三苦さんと俺の約束がありますから」

理央は即答するとポタトを制服の内ポケットに入れ、服の外側からそっと手を当てる。気取った素振りはなく、ごく自然な仕草《しぐさ》に理央の優しさが溢れていた。

番になって共に暮らすことになったらポタトをフィギュアの仲間たちの並ぶ中に戻す。そんなささやかな約束を理央は律儀に守ろうとしている。

約束をしたことが理央の足かせになってはいないだろうか。

「君は頑固だな。また嫌がらせに泣いても知らないぞ」

「泣いてません。三苦さんこそ高校生がふざけているだけなのに、いちいち腹立てて大人げないんじゃないですか」

睨み合って眉根を寄せて、お互いの作った変な顔にやがて笑い出す。

「三苦さん、今日はどうしたんですか」

「もちろん理央に会いに来た」

三苫の正直な欲求に理央は両肩を上げ口元をもぞもぞさせて、照れたのか俯いてしまう。

「お仕事は？　ひとりで来たんですか」

「終わったから、ここまで村田に送ってもらった」

「村田さんに……」

村田の名前を聞いて理央は目を伏せ、考え込んでいるようだった。ふたりの付き合いを喜んでいるようには見えない村田と、理央はどう接すればいいのか分からないようだ。

「理央は家に帰るかい？」

「はい、今日は図書館が休みなので寮で勉強をします」

「ついていってもいいかい」

理央は少し考えてから頷いた。

学校から理央の自宅である身寄りのないオメガや未分化の子供たちを預かる施設へは電車で二駅。閑静な住宅街の中にあり、外見は他の住宅と遜色のない普通のマンションだった。一階、二階は男女共同フロアー、三階以上が男子寮で二人もしくは三人部屋になっている。女子寮は渡り廊下で繋がった別棟だ。小学校高学年の子から高校生までが共同生活を送っていた。理央の言う通り施設というよりは寮という言葉がしっくりくる建物だ。入居者の家族、関係者以外は立ち入り禁止であるが、婚約者であることを説明すると寮母さんは時間制限ありでの入室を許可してくれた。

「俺の部屋は五階です」

「藤代くん」

階段を上がっていくと降りてきた学ランを着た中学生の男の子が理央に声を掛けた。

「ミホコがまたトイレに立てこもっているんだ」

少年はうんざりしているといった顔で理央に助けを求めた。

トラブルの予感に理央は三苫を振り返ると申し訳なさそうな顔をしたが、三苫は大丈夫だと笑みを返した。

少年に先導されて二階の女子トイレまで行くと、数人の小学生が閉じられたトイレの扉に向かって声を掛けていた。

「ミホコちゃん出て来て」

「うるさい。放っておいて」

ミホコは泣いているのか声が掠れていた。

「もう一時間くらい閉じこもっているからさ」

「寮母さんには言った？」

「夕食になったら出て来るだろうから放っておけって」

ミホコとやらが閉じこもるのはよくあることなのだろう、少年の顔には疲れが滲《にじ》んでおり、放っておくべきか迷いがあるようだ。

トイレの扉の前には無造作に漫画の単行本が積み上げられており、彼女は中で読んでいるようだった。

三苫は単行本を拾い上げた。

「学校で嫌なことがあるとトイレにこもるみたいで。ここでひとりになれるのはトイレくらいしかないので」

理央がこっそり教えてくれる。一般家庭では反抗期になっている年齢である、親と衝突して成長していく時期だが、ここではフラストレーションをぶつける相手もいないのだろう。彼女に何があったのか、どんな気持ちでいるのか、ここにいる誰も聞き出すことはできないのかもしれない。

「ミホコちゃん、皆心配しているから早く出て来て」

理央が優しく声を掛けるが反応はなかった。

三苫は拾い上げた単行本を捲り、軽く咳払いをして理央をそっと制して前へ出た。

「僕らが目指すのはすべての観客を笑顔にする頂点のステージ。立ちはだかる実力派アイドルグループが数多《あまた》存在する。生易しい道のりではない、君は一緒に目指してくれるか」

遠くまで通る迫力のある三苫の声が空気を震わせ、その場にいた者全員が息を呑んだ。何が起きたのかと、小学生たちは目を白黒させる。

理央が三苦さん、と呼ぼうとしたのを単行本を持った反対の手のひらを真っ直ぐ伸ばして止めた。

この先の台詞は、暗記している。

三苦は単行本から顔を上げて、閉ざされた扉に向き合った。

「いいだろう。その覚悟に僕たちも全力で応えてみせよう。苦難の先には栄光があると信じて」

寮のトイレの前、日常の風景が三苦の声と芝居によって一瞬にして漫画の世界へと変わった。全員が三苦の芝居に引き込まれ、我を忘れて三苦を凝視している。

三苦の手にある漫画は『マイアイドルセレクション』のコミカライズ作品であった。三苦が読んだのは、もちろん北條レイの台詞。展開された緊張感、空気感、高揚感の中、泰然と立つ三苦が放つ気品は、本物の北條レイそのものであった。

「ミホコ。この北條レイが君を高みへ連れて行こう」

レイの声がミホコに届くように、息をすることに疲れてしまっているとしたら、元気になりますように、想いを込めてレイとして言葉を紡《つむ》いだ。

その場は、驚きの静寂に包まれた。

やがて二枚目役者らしく華のある見得《みえ》を切った三苦に、子供たちが興奮した歓声を上げ、理央も頬を赤く染め目を輝かせ三苦を見つめていた。

勢いよくトイレのドアが開き、可愛らしいセーラー服を着た女の子が髪を振り乱して出てきた。

「レイ様！」

漫画の中のキャラクターの名前を叫び、きょろきょろとあたりを見回すと呆然としていた少年に詰め寄る。

「レイ様は？　レイ様の声がした！」

「ああっと」

少年は困った顔で三苦を見た。三苦はこっそりウインクをして内緒だというように口元に人差し指を立てた。

「何言ってんだよ、空耳じゃないの」

「うそ、レイ様が私のこと、ミホコって呼んだ。レイ様の声を私が聞き間違えるわけない。レイ様、会いに来てくれたんだ、レイ様……」

ミホコは感極まって泣き出してしまった。

「心配かけて、ごめんなさい。もう平気よ」

涙を拭くと前を向こうとする彼女の強さが感じられた。籠城《ろうじょう》をやめ顔を見せてくれた彼女を、少年が優しく労《いたわ》っている。その姿に理央と顔を合わせもう大丈夫だと声を出さずに微笑み合った。

三苫は理央と共にそっとその場を後にした。

五階の理央の暮らす部屋は二段ベッドとふたつの机のある、三苫の家のリビングよりも小さな部屋であった。ルームメイトは留守で、理央と並んでベッドに腰かけ部屋の中を見渡した。

「さっきの三苫さんすごく格好よかったです、びっくりしました」

興奮した面持ちで理央が喜んでくれた。

「彼女がレイを知っていてくれて、僕も嬉しかった」

漫画を読んでいるだけではレイの声は聴けない。ミホコがゲームアプリや動画サイトなどで喋るレイを見ていてくれたからこそ、声だけでレイだと気付いてくれたのだ。声優である三苫にとって自分の声と芝居がキャラクターとして認知されているということは幸せなことであった。

「本当に三苫さんは声優なんですね。一瞬で役になりきってしまって、声だけなのに俺にも生きているキャラクターが見えました。すごい、すごいです。ミホコちゃん嬉しかったと思います」

「ミホコちゃんを揺り動かしたのは僕の力じゃない、レイの力だよ」

キャラクターの力のすごさを、三苫は思い出していた。漫画やアニメの中に住む仮想のキャラクターが現実に生きる人々に元気や勇気を、希望を与えているのだ。時にキャラクターは実在する人よりも強い力で人の心を動かすことができることをミホコが思い出させてくれた。

そしてそのキャラクターに声を与え、感情を与え、次元を繋げるのが声優だ。

　理央の勉強机にはボロボロになった参考書とノートが置かれていた。毎日理央がここで一生懸命勉学に取り組んでいるのだ。その中にポタトのぬいぐるみがまるで勉強する理央を励ますかのようにちょこんと座していた。

　三苫はおもむろにそのぬいぐるみを抱き上げて、理央の前に差し出した。

「三苫さん？」

　三苫は声優だ。三苫にはこれまで出会ってきた、たくさんのキャラクターたちがいる。自分の分身のような大切な存在。ポタトもその中のひとり。

　三苫にはできなくてもいつも理央と一緒にいるキャラクターのポタトならば、理央の心を開くことができるかもしれない。祈るような気持ちで、三苫は咳払いをすると、数年前に演じた映画の中で飛び跳ねる青いゾンビ豚ポタトのことを鮮明に思い出した。

「ポオっす！　オレ、ゾンビ豚ポタト様だいっ」

　三苫は顔の前にポタトのぬいぐるみ持ち上げ、短い手足を動かした。まるでポタトが動いているかのように。

　理央が息を止めて、悲鳴が出そうな口元を押さえる。

「よお、理央。いつもべんきょーお疲れだぜ」

　先ほどの高潔なレイとは違ったひょうきんで高めの声。知らない人が聞いたら、同じ人間が声を当てているとは思わないだろう。

　映画から飛び出てきたぬいぐるみポタトは理央の肩に乗り、馴《な》れ馴《な》れしく話しかける。役として目の前の人に話しかけるというのはいつもの芝居と勝手が違う気がする。理央に言葉が届くように心を込めてポタトになりきった。

「理央は元気か？　腹減ってないか？　まいにちつらくないか？」

「元気だよ」

大の大人である三苦がぬいぐるみ遊びをしているように見える奇妙な様を、理央は素直に受け入れポタトの声に耳を傾ける。

「学校でオレを盗まれて、悔しかったんじゃねぇのか、悲しかったんじゃねぇのか？　ひとりで抱え込むな。相談したら迷惑がかかるとか思うなよ、三苦の豚野郎にはたくさん迷惑かけていいいんだからな。いっぱいいっぱい迷惑かけてくれた方が嬉しいいんだってよ、あいつマゾなんかな」

三苦をなじるポタトに理央は小さく笑い声を漏らした。

「俺の悩みなんか、他の人には関係ないことだから……」

「どうでもよくねぇっ。ひとりで頑張ることが解決じゃない。助けを求めないことは最大の自傷行為。つらいことがあるなら、悩んでいることがあるなら、生きてるんだか死んでるんだかわかんねぇオレに話してみなっ」

短い手を精一杯伸ばして、ポタトは頼もしく言い放った。

「でも……本当はただ強がっているだけの弱い男なんだって、三苦さんに愛想をつかされないかな」

理央の小さな本音を三苦は掬い上げようと、必死だった。

「オレと三苦は何があっても理央の味方だぜっ」

熱のこもった声の芝居はもはやポタトの気持ちで言ったのか、三苦の言葉なのかわからなかった。

「うん、うん……ありがとう」

理央はポタトではなく三苦を見上げて泣きそうになりながら、頷くと三苦からポタトを受け取り強く抱き締めた。

ポタトの、三苦の心遣いは理央の固く閉じた心の扉をノックできたようだった。

「……最初は、からかわれている程度だったんです」

嫌がらせは徐々にエスカレートし持ち物を破損されたり盗まれたりするようになり、彼らを刺激しないようにと大人しくしていると口数が減り、気付いた時には理央と話をしてくれるクラスメイトはいなくなっていた。暴力を振るわれたわけではないから教師は何も言ってくれない。大したことではないのだと理央は傷ついた自分を必死に否定した。

ポタトが引き出してくれた理央の話を三苫は相槌《あいづち》を打ちながら黙って聞き、手を握って繋いだところから理央の苦しみを少しでも吸い取ることができますようにと願った。

俯く理央と目を合わせ、大きな瞳から溢れそうな涙をそっと拭う。

「理央はひとりじゃない」

熱っぽい呟きは、ポタトの声でも芝居でもなく、三苫の自身の声だった。

学校やクラスメイトとどう向き合っていけばいいのか。今はまだ理央のために何をしてあげられるのか分からない。けれど理央の気持ちを知ったことでできることはあるはずだ。ふたりならば乗り越えられる。

「……はい」

ポタトは黙っていつまでも理央に抱かれていた。その黒い瞳は光を受けてきらきらと輝き、理央の心を開いたのはオレだと誇っているようだった。

落ち着いてきた理央は涙を拭いながら、寄り添っていた三苫を見上げる。

「ポタトの声が三苫さんだったなんて、全く気付きませんでした。普段の声と全然違うんですね」

「一応プロですから」

理央に撫でられているポタトがとても気持ちよさそうで、隣にいる三苫にまるで理央に愛されていることを自慢しているかのように見えた。

「ポタトばっかりずるいな」

「ええっ」

「でも理央の気持ちが聞けたのはポタトのおかげだ」

ポタトには敵わない。キャラクターの力は偉大で声優はキャラクターの声にすぎない。人気キャラクターに抜擢《ばってき》されることがイコール声優自身の人気に繋がってくる。顔出し俳優と違い声優が裏方だと思われ、芝居が評価されづらいのはキャラクターの力が強いからだ。

「ポタトに命を吹き込んでいるのは、三苫さんの声です。俺の大好きなポタトが三苫さんですごく嬉しい。もしかしたら三苫さんだから、好きになったのかな」

「理央……」

人気声優というレッテルのせいで長らく悩まされてきた。だから理央に仕事のことは知られたくなかった。

でも理央の声を聞くことができたのはポタトというキャラクターを、彼の声を三苫がやっていたからだった。

自分の演じた宝物のキャラクターが人に愛され、ファンからの愛が三苫へと返ってくる。なんて、素晴らしいことなんだろう。声優という職業は三苫から切っても切り離せない。

感極まった三苫は長い腕で、理央をすっぽりと抱き締めていた。

「ありがとう理央。僕が声優である意味を君は思い出させてくれた。声優をやっていて、よかった」

「みとま、さん……」

理央の小さな肩口に顔を埋めると首元で理央が上《うわ》擦《ず》った声を上げた。気恥ずかしい甘ったるい空気が流れ、理央も戸惑いながら三苫のジャケットを摑む。温かい体温、理央の幼さの残る香りに包まれ、このままずっとふたりくっついていたいと思った。

「……久須美くんが」

「久須美？」

突然理央の口から聞きたくない名前が出て来て、思わず不機嫌な声を出してしまう。顔を上げると理央が憂いた顔をしていた。

「三苫さんのことが好きだから、譲《ゆず》ってほしいって久須美くんに言われて……俺……」

「え？」

久須美の冷たい一瞥を思い出し、嫌な予感に胸がざわついた。

「久須美くんには本当によくしてもらって、久須美くんがオメガとしてどれだけ頑張っているのか俺は知っているから応援してあげたいって幸せになってほしいって思っていたんです。でも、でもおれ……やっぱり三苫さんだけは、久須美くんに渡せない」

真下から理央に覗き込まれ、澄んだ空のような瞳に吸い込まれそうになり三苫の思考は奪われた。

理央は三苫の両頬に細い手を添えると、自らの唇を三苫の唇に重ねた。驚いて三苫は目を閉じることを忘れた。押し当てただけのキス、固く結ばれた唇から理央の緊張が伝わってくる。初めてのキスは純潔でいやらしさのかけらもなく、ただ不器用な愛情が三苫の心をゆさぶった。

唇を離すと理央は息を乱しており、キスの間呼吸を止めていたということがわかった。勇気を出してキスをしてくれたのだと思うと、いじらしかった。

「理央……」

彼の緊張がうつってしまったのか、キスをされた側である三苫も動揺を隠せない。

「アルファとセックスをすればオメガへの分化が早まる……三苫さん、俺と番になってください。お、おれのこと、抱いてください……」

胸元のシャツを握り締める理央から誘惑され、耳を疑う前に三苫は理央をベッドの上に押し倒していた。

好きな子に誘われて、興奮しないわけがない。

「あっ」

ベッドが軋《きし》むのと同時に理央が声を上げた。期待と不安が混じった顔をされ、加虐心が煽《あお》られる。もっと色んな顔の理央が見たい。

制服の白シャツ、掛けられているボタンを外そうと指を滑らせると、理央はびくりと跳ねた。

理央を組み敷いているという状況に心臓がうるさ

いほど鼓動する。気付かれぬように唾を呑み込み、ボタンを外そうとするが緊張ゆえか手が滑ってしまう。

その情けない手を理央の手が包み、ふたりしてボタンを解いた。初めての共同作業という言葉が浮かび、くだらない発想に苦笑する。

理央の肌が空気に晒され、二段ベッドの下の影の中でやけに白く浮かび上がる。器用に寝そべったままシャツを引き抜き肩と二の腕を出した理央が恥ずかしそうに三苦の下で身を捩《よじ》った。

ちらりと覗いた肩から背中に広がる痣に魅せられて、理央をうつ伏せにし伸し掛かった。初めて見た時よりも理央の痣は広がっているようだった。今まさに羽ばたこうとする鳥のように翼が躍動している。そっと指の腹でなぞると、理央はくすぐったそうな吐息を漏らした。

「三苦さん……」

顔だけをこちらに向けて肩越しに理央が三苦を呼ぶ。

肩甲骨に浮かび上がる美しい痣、しなやかにくびれた細い腰、三苦を見上げる流し目、男に——アルファに抱かれることを待っている身体。三苦のよく知る、発情期のオメガのように蠱惑的《こわくてき》に理央は瞳を潤ませた。

僕は理央をオメガにしようとしている。

三苦は息を止め、身を起こした。理央の性別を思うがままにしようとしている非人道的な自分が恐ろしくて腕が震え冷や汗が滲んだ。

「三苦さん？」

顔色を変えた三苦を心配して理央が優しく呼びかけた。

「…………ごめん、理央。理央のことが好きだ。大事にしたい。今まで僕はオメガに悩まされてきた。オメガという性別にいい感情を持っていない。それなのに僕は理央をオメガにしようとしている最低な男だ。怖いんだ。僕はオメガになった君を今と同じ

気持ちで愛せないんじゃないか、オメガになった君を蔑むようになるんじゃないか……」

目蓋《まぶた》を閉じ苦悩する三苦を、理央はじっと見つめ、やがて身を起こすと三苦の頭を狂おしく撫でた。触れる手のひらの愛情深さに三苦は泣きたくなった。

「いいんです。三苦さんは優しい人ですね」

理央をオメガに分化させることを拒否するということは契約違反だと思われても仕方がない。理央自身が望んでいるというのに、三苦を自分の番に足りうる人物だと認めてくれたのに、オメガにしても愛し続けると約束できない臆病な心が三苦を縛りつける。

「許してくれるのか」

「俺はそんな三苦さんが好きです」

番になることに怯んだ三苦に、理央は慈愛に満ちた笑顔を見せる。

「理央」

衝動のまま、理央を抱き締めた。痛いくらいに愛されていると実感しているのに、番になることがふたりの幸せであるのか確信できずにいる。理央を幸せにできないのならば、自分は理央にふさわしい男ではないのではないか。本当に理央のことを想っているのならば、理央を諦めるべきなのではないか。若く心根の優しい理央ならば、きっと三苦よりもいい相手に巡り合えるだろう。

理央は大きく息を吸い込み、三苦の肩を押した。

「三苦さんは俺が守ります」

向かい合った理央は打って変わって揺るがない意志を滲ませた少年の顔をしていた。だが、彼が立ち向かおうとしているものに心当たりがない。

「どういうことだ？」

「おそらくここに久須美くんが来ます。……俺は彼に会わなくちゃならない」

理央は三苦をベッドから追い出すと、素早くシャツを羽織り自室を出て行こうとした。三苦も慌てて理央を追いかける。

「待ってくれ、説明してくれ理央」

一階玄関ロビーまで来てようやく理央は三苫を見てくれた。理央は両手を広げると、三苫の胸へと飛び込んだ。抱きつかれ後ろへ倒れそうになるのを左足で踏みとどまった。

「さようなら、三苫さん。気を付けて帰ってください」

別れは拍子抜けするほどにあっけなく、理央は振り返ることもなく早々に部屋へと戻ってしまった。

抱いてくれと懇願し、艶《なま》めかしい翼を見せた恋人の態度とは思えず、三苫は立ち尽くすだけだった。


三苫の声優としての仕事内容は多岐にわたる。メインは毎週のアニメアフレコ、テレビで現在放送回の三週後分くらいを決まった曜日に収録する。合間をぬって雑誌のインタビューや撮影が入る。新作だけでなく以前関わった作品から派生した玩具、ゲーム、ドラマCD、パチンコ機などの新規追加収録。一日に何人ものキャラクターを演じることもある。ラジオ出演に苦手であるキャラクターソングの収録、週末にはイベントへの出演、本番前には打ち合わせやリハーサルが入る。

理央の寮へ行った翌日の仕事はシチュエーションCDの収録であった。ドラマCDの一種で、聞き手を主人公として扱い、女性の憧れる王子様とお姫様、先輩と後輩、幼馴染同士などのシチュエーションで愛を囁く。三苫演ずるキャラクターと聞き手は恋人同士になった仮想体験ができるのだ。声優が好きな若い女性に人気のあるジャンルだ。

シチュエーションCDの演じ手はひとりであることが多い。その場にいない相手に向かって演じなくてはならない難しさがある。

「基本的に優しい好青年でいいんだが、所々孤独を匂わせて、母性本能をくすぐる守ってやりたくなる感じを出してほしい」

「了解」

収録前にアフレコブースに入ってきた収録演出担当の門野が三苫に制作側の求めるキャラクターイメージを提示する。

事前に配られた台本には目を通してある。いつもならばマイクの前に立てば、キャラクターになりきることができるのに、今日に限っては集中できない。

三苫を守ると言った理央の言葉が、ずっと引っかかっている。

昨日勇気を出して三苫に抱いてほしいと頼み、願いが叶わないと分かると三苫を責めることもせず別れを告げた理央のことが三苫の思考を支配していた。理央を傷つけてしまったのではないかと思うと死にたくなった。

帰宅してから理央にSNSでメッセージを送ったが、返事は来ず既読にもならなかった。理央は確かに三苫を守ると言ったが、一体どういうことなのだろうか。

胸騒ぎがする。

早く仕事を終えて、今日も理央に会いに行こう。

録音スタッフがマイクを三苫の背の高さに合わせて調整してくれる。マイクスタンドの先には、シチュエーションCDの収録には欠かせない、ダミーヘッドがついていた。洋品店に並ぶマネキンの頭のようなものがついているのだ。ヘッドは黒く、目や口はないが耳や鼻筋があり、実際の人の頭部と変わらない大きさだ。この見た目は怖いヘッド、高感度のマイクが搭載されており、このマイクで収録し、ヘッドフォンで音声を聞くとまるで隣に人がいるかのような臨場感が味わえるのだ。

足元にはマイクスタンドを中心にテープが全方向に貼られており、それぞれの場所に数字が振られている。台本には台詞によって立ち位置の番号が書かれており、マイクに向かってどの立ち位置から喋りかけるかも重要になる。通常の収録のように一点に立ったまま目の前のマイクに向かって喋ればよいわけではなく、立ち位置を移動しながら演技をする様は、舞台に近いと言う人もいる。

ダミーヘッドを愛おしい人に見立て、三苫は語りかけるように芝居を始めた。

「ふぁあ……おはよう。昨日はよく眠れた？　俺、俺は……夢でも君に会っていたよ」

寝起きの気怠さをナチュラルに、でも心は込めて親密さが伝わるように気を付ける。

自然とダミーヘッドはふわふわした髪の見たことないはずの寝起きの理央に変換されていた。理央の開いたばかりのとろんとした瞳が三苫を見つめると、恥ずかしそうに微笑んだ。触れたくて、三苫が手を伸ばすと、理央は悲しそうに身を引いて消えてしまう。伸ばした手のひらが宙を彷徨《さまよ》った。

切なさに息が詰まる。

門野からストップがかかり、コントロールルームを振り返る。コントロールルームには門野の他に録音スタッフと、いつの間にか村田が駆けつけていた。マネージャーは現場にいなくてもいいのだが、村田はよく三苫の現場に顔を出す。

「すまん、三苫。おはよう、の後に抱きついてくれ」

声だけの演技で動きを表現してほしいという指示だ。三苫は息遣いを工夫する程度だが、後から効果音が入ると抱きついたように聞こえる。

「分かった」

抱きつくということはマイクに近付く距離も考えた方がいいだろう。

「それからその、芝居に悲壮感が漂っている。ここは幸福感だけでいいからな、修正してくれ」

門野の指摘に動揺する。

理央のことが気になって芝居に集中できていない。

身体を張った演技をしなくては。上着を羽織っていると動きづらいので一旦マイクから離れてジャケットを脱いだ。すると、ポケットの中に固いものの感触があり、何か入れていただろうかとそれを取り出した。

三苫は絶句した。ポケットから出てきたのは、青い豚のフィギュア、ポタトだった。間違いなく三苫がクラスメイトから取り返し、理央に渡したものだ。

三苫のポケットに入っているということは入れたのは理央しかいない。

あんなに大事にしてくれていたポタトを三苫に何も言わずに返却したのだ。

一緒に暮らすようになったら、ポタトを三苫の家の本棚に戻す約束だった。理央によって約束を果たされる前に戻ってきたポタトの瞳が何かを訴えているような気がした。

どうして。

理由を知りたくて、昨日の別れ際の理央を懸命に思い出す。

理央は久須美が来ると言っていた。あの後、久須美に会ったのだろうか。だとしたら、久須美に会った後から連絡が取れていないということになる。

三苫を守ると、理央は言った。言葉の通りだとすると、今、三苫は守られているのだろうか。だとしたら、三苫を襲うはずの危機は、三苫の代わりに理央に迫っているのではないか。

胸騒ぎが大きくなる。今すぐに理央の無事を確かめたい。

三苫は居ても立っても居られず、ジャケットを着直した。

アフレコブースを飛び出し、重たい防音扉を二枚通り抜けてコントロールルームにいる門野に勢いよく頭を下げた。

「門野、急用ができた。今日の収録は延期してくれ」

「は、ちょ、何を言っているんだ三苫」

「三苫さんどうしたんですかっ」

三苫の急変に門野も村田も大慌てである。

「信用を失うことを言っていることは理解している。だがこうしている時間も惜しいんだ」

「俺たちスタッフが今日のためにどれだけ準備をし

てきたか、分かっているのか。お前を信頼して仕事を依頼した人たちをがっかりさせるな」

信頼を勝ち得るには時間がかかる。

けれど失うのは一瞬だ。一度の不義理で今までの苦労は水の泡になる。

「分かっている。分かっているさ。でもっ」

三苫が仕事をしている、その間にも理央がどんな目にあっているか分からない。

「なんてな、予備日もあるが、十分な収録時間は用意してやれないぞ」

「……門野！」

門野は三苫の深刻さを察してくれたのか、逃げ道を示してくれた。

「ちょっと待ってください！　理由もなく仕事を放棄するなんて、許されるわけがないじゃないですか」

目の前で繰り広げられる常識外のやり取りに村田はヒステリックな声で待ったを掛けた。

「昨日の夜から理央と連絡が取れていない。嫌な予感がするんだ」

三苫が正直に事情を説明すると、村田は複雑な顔をした。

「今まで三苫さんは仕事を休んだことも、遅刻をしたこともありません。それなのにお見合いをしてから仕事を抜け出しては藤代くん藤代くんって、おかしいですよ」

村田が結婚に対して納得していないことは気付いていたが、面と向かって不満をぶつけるようなやつではないと思っていた。

「こんなことを言える立場ではないことは分かっています。あえて言わせてください。婚約は破棄してくれませんか。声優としても結婚してはファン離れは逃れられません、何より藤代くんに振り回されている三苫さんは三苫さんらしくない」

「僕らしくない、か……」

鈍感な村田から見ても、理央のことを考えて右往《うおう》左往《さおう》している三苫はおかしく見えるのだ。

理央に出会ってから、毎日のように理央のことを考えている。一緒にいる時もいない時も、理央が何を思っているのか気になる。理央が学校で嫌な目にあっていないか、心配でたまらない。恵まれない境遇にいても、理央が真っ直ぐに歩いていこうとするならば、支えになってあげたい。

村田の言う通り、婚約は破棄した方が理央のためなのかもしれない。番になれないならば、成就《じょうじゅ》することのない契約に理央を縛りつけておくことは三苫の本望ではない。約束のポタトのフィギュアを突き返したということは、理央は契約を破棄することを選んだという意志なのかもしれない。

「契約を破棄すれば僕も理央も元の生活に戻る……」

三苫はまたオメガに追い回されながら仕事に没頭し、理央は大学へ行く方法を考えながら勉学に勤《いそ》しむ。何も交差しない人生を歩くのだ。

「僕との結婚は理央を幸せにできないかもしれない。ならば潔く契約は破棄しても構わないんだ。でも理央と出会ったことはなかったことにできない。僕は理央にとって何者になれなくても、せめて味方でありたい。彼を助けたい」

三苫の熱弁に村田は圧倒されていた。

「恋をしているんだ」

口にすれば、愛おしい想いだけが心の中を満たした。

理央の慈愛に満ちた笑顔を思い出すと、胸が詰まった。

理央が好きだ。

理央が未分化だから好きになったのか。違う。きっかけはそうであったとしても、三苫が恋をしたのは藤代理央、ただひとりだ。

未分化だろうがオメガだろうがベータだろうが、性別は関係ない。

理央だから、好きになったのだ。

大人しく成り行きを見守っていた門野が、村田の肩を叩いた。

「行かせてやろうぜ村田さん。声優として求められることをこなしていただけの男が、声優としてのプライドを捨てて、こんだけ必死になっているんだから」

恋愛ってのは怖いもんだ、それに比べたら収録が一回飛ぶくらいなんでもないと門野は笑っていた。

脱力する村田に三苫は再び頭を下げた。

「三苫さんが私の知っている三苫さんではなくなってしまったことが、どうしようもなく悲しいんです……悲しむのは私の身勝手だと思います、でも藤代くんさえいなければと、ひどいことを考えていました」

そうか、村田は三苫の一番身近なファンだったのかもしれない。

三苫を傍《そば》で支え、三苫の成功を共に喜び、三苫が仕事ではなく特定の人物に夢中になることを許せなかった。

ただの仕事上の付き合いだと割りきって接していたから、気付けなかった。

「すまなかった、村田」

「三苫さんに理想を押しつけていたのは私です」

村田は紙切れを出すと三苫に渡した。

「これは？」

「昨日、久須美くんに三苫さんと藤代くんが会っていることを告げ口したのは私です。おそらく藤代くんはそのホテルの部屋に監禁されています」

「なんだって？」

「藤代くんは私と久須美くんが繋がっていることに気付いていたようでした。昨日お二人が会っていたことも私から久須美くんへ伝わっていると勘付いたのでしょう。急いでください。久須美くんは恐ろしい人だ。藤代くんが何をされているか……私はスケジュール調整と各所に謝罪連絡をします」

「くそ、どういうことか後で説明しろよ村田！　後は頼んだ」

三苫はスタジオを飛び出した。

理央が大切に握り締めていたポタトのフィギュアを今日は三苦が握っていた。

三苦が番になることを拒んだから、あの刹那《せつな》、理央は三苦との契約を諦めたのだろうか。

さようなら、と言った理央がそっとポケットにポタトを入れたと思うと、あれは永遠の別れのつもりだったのだろうか。

そんな別れ方は認めない。

タクシーに乗り込み村田のメモにあったホテルを目指す。一秒でも早く、理央の元へと気持ちばかりが焦っていると、村田からスマートフォンにメッセージが届いた。

そこには久須美に「三苦を結婚させたくないならば協力しろ」と言われ、三苦の動向を報告していたことへの謝罪が書かれていた。タレントの守秘義務を守れなかった村田も問題だが、村田の三苦への期待と不満につけ入り手足にした久須美の策略には舌を巻く。


オメガの本拠地に乗り込むことになる、三苦は普段はなるべく服用を避けているフェロモン回避薬を飲んだ。オメガフェロモンはアルファの鼻や皮膚といった器官を刺激して脳髄を洗脳する。回避薬を飲むと嗅覚《きゅうかく》などが鈍くなりフェロモンの力を回避できる。ただしオメガフェロモンだけでなく全身の感覚が鈍くなり、感覚障害を起こす可能性があるので三苦は使用を避けていた。しかし真っ向からオメガに立ち向かうならば服用は必須だ。

村田が示した場所は駅から離れた古いビジネスホテルの三階の一室であった。ノックすると拍子抜けするほどあっさりと、扉が開いた。出迎えたのは、上半身裸でジーンズだけを身に着けた久須美だった。

「三苦さん、いらっしゃい。遅かったね」

扉が開いた途端《とたん》、中から濃密な気配が漏れ出した。部屋の中がまるで霧のように漂うオメガフェロモンで満ちていた。普段ならば絶対に近付きたくない状況だ。だが三苦に向けて放たれたわけではないからか、アルファを誘惑する香りはしない。

久須美を退けて、三苫は覚悟を決めて中へと入った。

すぐに激しい頭痛に襲われ、目が霞《かす》んだ。フェロモン回避薬を飲んでいなければ一発で意識が飛んでいただろう。この先に理央がいる。理央を助けなければ。ただそれだけの想いで、三苫は千切《ちぎ》れそうになる理性を留めていた。

狭いコンクリートの壁、閉じられた遮光カーテン、部屋を占めるように置かれている唯一の家具のダブルベッドの上に、理央はいた。

「理央！」

信じられない光景だった。

裸にされ寝かされている理央の周りには、三人の少年がいた。皆、表情は暗く目だけが異様な光を放っている。三苫にはすぐに分かった。皆、オメガであり発情している。この部屋には四人ものオメガがいたのだ。

「そんなに急がなくてもいいでしょ、三苫さん」

後ろから久須美に腕を組まれた。接触により強いオメガフェロモンに搦《から》めとられ、身体の自由が利かなくなる。

三人のオメガたちに理央はまるで人形のように可愛がられていた。理央の白い肌の上を淫らな細い指が這っていく。理央は顔色が悪く気絶しているようだった。

「……理央を、返せ」

やっとのことで言葉を発したが、口を開いただけで喉が焼けるようにひりひりする。

「いいですよ。でも、藤代くんはもうあんたの望んだ身体じゃないですけどね」

オメガたちが理央の身体をひっくり返し、その真っ白な背中を三苫に見せつけた。

「……！　理央っ」

理央の背中は、白かった。見合いの席で見た、グロテスクでありながら美しい翼の模様が消えていた。

それは理央の身体がオメガになろうとしていた、証のはずだったのに。

久須美は高らかに笑った。

「こいつはもうオメガにはなれない。僕たちがベータにしてやったのさ」

医療の力を借りることなく第二の性別へと強制分化させたというのか。そんなことができるなんて見たことも聞いたこともない。

三苫は歪む視界の中、久須美を睨みつける。

「……魚の性転換か」

久須美は満足そうに口角を上げた。

魚の中には性別が決まっていないもの、オスからメスへ、メスからオスへと性別を変える種類がいる。それは種の保存のため、繁殖を成功させるために環境によって性別を変えるのだ。

未分化の理央を濃密なオメガフェロモン浸けにし、オスになれるのは理央しかいない状況を作り出し、種の保存を優先させようとするわずかに残っていた理央の中のベータの本能を揺り起こした。

「どうしてこんなことをする」

久須美は三苫の胸へと巻きつくように抱きついてきた。

「どうして？　憎いからですよ。許せないからですよ。僕たちオメガは忌み嫌われて、アルファにも相手にされず、社会に淘汰《とうた》されていく。それなのに、僕たちを差し置いて未分化のくせにオメガになってアルファと番《つが》って幸せになるって？　ふざけている」

久須美の憎悪がフェロモンをより強く醸し出し、三苫は呼吸をするのも苦しくなる。

「ね、三苫さん。こいつはもうあんたと番にはなれない。諦めて僕を選びなよ」

首に腕を回そうとする久須美を、三苫は突き飛ばした。もつれそうになる足でベッドへ近付き、群がってくる少年たちの腕を払いのけ、必死で生まれたばかりの小鹿のように頼りない理央を引き寄せる。

理央を抱き上げると胸が痛くて、発狂しそうだった。

「理央、理央……目を開けてくれ」

反応のない理央にポタトのフィギュアを握らせた。冷たく硬い感触に理央がフィギュアを握り返した。

シーツを引き寄せて理央に巻きつけると、三苦の呼びかけに理央が目蓋を重そうに上げた。

「みとま、さん……？」

ガラスの双眸《そうぼう》に三苦を映すと理央は泣きそうになり三苦の首に両腕を回した。

「どうして……来てほしくなかった、のに、うれしい……」

「理央」

縋《すが》るように甘えてくる理央を受け止めて、三苦はここに来たことは間違っていなかったと確信する。

「もうそいつはオメガにはなれないって言ってるだろ」

地を這うような声に、理央は振り返った。

「俺が罰を受ければ三苦さんのことはそっとしておいてくれる約束だろ」

自分がひどい目にあっているというのに理央はベッドを這いずり前へ出て三苦を守ろうとしていた。

「理央……君は……」

アルファとオメガが番になれば、他の人間が付け入ることのできない強い絆を構築できる。久須美に狙われている三苦を守るために、理央は番になることを急いたのだ。だが三苦が拒んだために自らの力で三苦を守ろうと危険を承知で久須美の元へ来たのか。

理央の勇気に比べたら、三苦の悩みなど小さなもの。理央のように変化を恐れず自分の中の、彼を愛する心を信じるべきだった。三苦の惑いが理央の性別を強制的に変えてしまうという結末を呼び寄せた。悔やんでも悔やみきれない。

「僕を失望させたのは君だろう、藤代くん。僕が三苦さんを好きだと分かっていたくせに、僕を差し置いてこのアルファと番になろうとしただろう。裏切者、寄こせ。そのアルファを僕に寄こせ！」

　理央を庇いながら、三苫は精一杯の力で足を動かし襲いかかる久須美をかわした。ふたりと入れ替わるようにして、久須美がベッドに倒れ込む。

　今度こそ、理央を守る。

「僕は君とは番にはならない。僕がオメガを嫌っていると言ったのは君だろう、久須美くん。いや、オメガだからというのは関係ない。理央を傷つける者は誰であっても許さない」

　足元のおぼつかない理央の膝裏に腕を通し、抱き上げた。

「僕の前から消えろ」

　侮蔑《ぶべつ》の感情は美丈夫の三苫をより洗練された美しさに飾り立てた。

　アルファの、三苫の怒りが煌々と燃え、オメガフェロモンで満たされていたはずの部屋の空気を一瞬にして塗り替えてしまった。

　鋭い刃のような怒りのアルファフェロモンを真っ向から浴び、久須美たちは恐怖に戦慄いた。

　アルファに睨まれた久須美は急激に戦意をなくしその場にへたり込んでしまった。

　理央を抱いたまま、床に転がっていた理央のものと思われる荷物を拾い上げて、三苫はしっかりとした足取りで部屋を出て行く。

　オメガの少年たちが心配そうに久須美に呼びかけても、放心した彼はもう何も言い返すことができなかった。


　タクシーの中で再び気を失ってしまった理央を三苫はかかりつけの性別外来へ連れて行った。消耗《しょうもう》が激しいが特に命に関わる症状は見られないとの診断で、強制分化については後日詳しく検査を受けるようにと言われた。

　自宅に連れ帰り、意識を失っている理央を風呂に入れると、理央の手からポタトのフィギュアが転げ落ちた。ずっと握り締めていたのだ。無意識下で、三苦の分身であるポタトを離さない理央が可愛らしい。

オメガフェロモンの残り香をシャワーで洗い流してやりパジャマ代わりの服を着させてベッドに寝かせてやってから、自分もシャワーを浴びた。するとようやく楽に呼吸ができ、気持ちが落ち着いてきた。

髪をタオルで拭きながらベッドルームへ急ぐと、理央は意識を取り戻していた。安堵したのは束の間、理央はシャツを脱ぎ姿見の前で自分の背中にあったものがなくなっている様を見て震えていた。

三苦に気付くと涙に濡れた顔を拭い、頭を下げた。

「三苦さんを巻き込んでしまってすみませんでした。帰ります」

「待つんだ」

足早に立ち去ろうとする理央の二の腕を掴んで引き止める。

「俺はただのベータです。三苦さんのお役に立てません、迷惑かけてばっかりで本当に申し訳なく思ってます。もう、三苦さんには会いません」

「勝手に決めないでくれ」

「三苦さんなら……きっとすぐに素敵なオメガの人が」

見つかります、と続く言葉は掠れて聞こえなかった。

見開かれた双眸から大きな滴《しずく》が溢れ出した。

「嘘が下手だな」

引き寄せて、目元を濡らす涙を人差し指でそっと拭った。

「……っ、俺はもう、三苦さんとは番になれない……っ」

強く穢《けが》れない魂《たましい》が三苦と結ばれることはないことを憂いていた。誰でもない三苦が彼の心の海原を揺るがしていることに、愛しさが募った。

「すまなかった。僕のせいだ。僕に勇気がなかったから、君をベータにしてしまった」

　三苫のせいではないと、理央は頭を横に振った。

「もういいんだ。ベータだとかオメガだとか、どうでもいい。僕は君が好きだ。僕と一緒になってほしい」

　一世一代の告白だというのに、理央はきょとんとしたまま三苫を見つめた。

「お、れ……契約、守れません……」

「契約は破棄だ」

「それじゃ、三苫さんはまたオメガに悩まされるんじゃ……」

「しょうがないな、僕がオメガに惑わされないように、ずっと傍で見張っていてくれるか？」

「……おれ、三苫さんの傍にいて、いいんですか……？」

「ああ、傍にいて僕の芝居を死ぬまで聴いてくれ」

　三苫はポタトのフィギュアを理央に見せた。

「理央、愛しているぜっ」

　ポタトがポタトの声で告げる姿はまるでキャラクターが映画から出て来て生きているかのようだ。三苫にしかできない、理央へのプレゼントであった。

　理央は鼻をすすると両手をいっぱいに広げて、三苫に抱きついた。

「三苫さん……っ」

　理央の睫毛が上下するのを間近で見、抱き留めた三苫は迷わず理央の唇を己のそれで塞いだ。柔らかく瑞々《みずみず》しい感触を押し潰すように深く口付けた。

「……ふっ」

　理央が鼻から呼吸とも喘ぎとも判別のつかない声を出す。

　舌でべろりと唇ごと小さな口を舐めると、理央はびくりと上半身を硬直させた。初心《うぶ》な反応を見せる理央にいたずら心をくすぐられる。反射的にキスから逃げようとする理央の後頭部を大きな手で支え、その口内へ舌を侵入させる。

　理央はぎゅっと目を瞑り、どうしたらいいのか分からないのか両手を彷徨わせ、三苦のシャツの胸元を握った。

初めてのキスは理央からの不意打ちだった。あの時は強気であった理央を今度は三苦が翻弄し、大人のキスを贈る番だと思うと俄然《がぜん》やる気になる。

舌と舌が触れ合う独特の柔らかな感触に、理央が驚いて舌を引っ込めてしまうのを追いかけて、絡ませて離れる。角度を変えて再び口付けると、なすがままだった理央が三苦に応えようと自ら舌を差し出した。キスすら流されるだけでなく自ら立ち向かってくる理央が理央らしくて三苦は笑みを漏らした。三苦を懸命に受け入れようとする理央が愛おしい。

上顎を、歯茎を、至る所を舐めつくすと、理央の身体がくたりと脱力する。お互いに口の周りに唾液が溢れ、艶めかしく光っていた。

口をだらしなく開けたまま胸を上下させる理央をそっとベッドへと押し倒す。ふたり分の重みにベッドが反発した。

横たわった理央に覆いかぶさると、三苦の影が理央に落ちる。

「三苦さん……」

夢心地のような声音で理央が切なそうに三苦を呼ぶ。

「理央。君を抱くよ。契約でも番になるためでもない、ただのセックスだ」

「……はい、ただのセックスが、したいです」

恥じらいながらも、はっきりと頷く理央にたまらなくなって、額に頬に首筋にちゅっと音を立てながら口付けていく。

白い肌に花が咲いたように赤くぷっくりと膨《ふく》れ上がった乳首を咥《くわ》えると、あられもない声が理央の口からこぼれた。

「ふぁあっ！」

突起の先端をちろちろと舐め、時折歯で刺激してやると理央はシーツの上で頭を振った。

「あっ、あぁっ……みとま、さ……やっ……」

理央が感じている。

経験したことのない快感に悶《もだ》える理央が三苦の髪を摑み引き離そうとしてくるが、三苦は理央に性感を教え込んでいるということに興奮し、乳首を吸い続けた。舌で転がすと硬さが増していく。三苦の唾液で濡れ、男子高校生の乳首は言いようのない淫靡《いんび》さをまとった。

「……あぁっ……」

くすぐったそうに身を捩る理央の口からとめどなく喘ぎが出て、シーツの上には何本もの皺が走り、波打つ海原のようであった。そのまま時を止めて永久保存したくなる情景だ。

理央は両腿をすり合わせ主張してはいけないと懸命に息を潜《ひそ》ませていたが、三苦は見逃さずにそこへ血管の浮き上がった手を伸ばした。

「あっ！」

ズボンの上からでも理央のものが起立しているのが分かる。

「乳首をいじられて、勃っちゃった？」

三苦の美声に低く囁かれ理央はぞくりとしたのか背をしならせる。

「いっ、いじわるっ……」

理央は三苦を見上げながら頰を染め上げた。

シチュエーションCDに負けない恥ずかしいことを恋人に向かって囁く日が自分に来るとは……羞恥に耐える理央に加虐心《かぎゃくしん》が生じ、もっといじめてみたいと思ってしまう。

「あああっ、あッ」

強く握り込むと両足をシーツの上に滑らせ、理央は喉元を反らせた。

浮き上がった理央の身体を逞《たくま》しい右腕で持ち上げ、素早くズボンと下着をずらし、理央の性器に直に触れる。若々しい不揃いな下生えの感触すら愛おしく、先走りの滲みはじめた先端を押し潰して刺激した。

「いやぁ、みとま、さんっだめぇ」

陰茎を包み込み激しく上下すると、陰囊《いんのう》が収縮す

るのが分かった。

　びゅ、びゅと先端から粘ついたものが吐き出されていく。射精すると理央は息を荒くし弛緩《しかん》した。

「可愛いよ、理央……」

　見開いた目は焦点が合わず、理央は三苦の腕の中で蕩《とろ》けきっていた。

　このまま理央の中に入り激しく突き上げたいのだが、三苦は自分の男性器の様子がおかしいことに気付いていた。

　イったばかりの理央に軽くキスを落としながら、理央の前で勃起しないなどという格好悪いところは見せられないと、自身のペニスを刺激するがなかなか膨張してこない。

　おそらくフェロモン回避薬を服用したから一時的に勃起不全を起こしているのだろう。

　理央の裸体を前にして勃起できないとは、不甲斐《ふがい》ないにもほどがある。

「……三苦さん？」

　動きを止めた三苦に理央が不思議そうに声を掛けた。三苦の股間を押さえている手に理央は柔らかな手を重ねた。

「り、理央……その、ごめん。薬を飲んだからだと思うんだ」

　理央にも三苦のペニスが勃起していないことが分かっただろう。正直に謝った。今日はセックスできない、と言うことは簡単なはずなのに続く言葉が出ない。気持ちは今すぐにでも理央と繋がりたいのだ。

「あ、あの……こんなこと言ったら慣れてるとかふしだらだって思われちゃうかもしれないですけど」

　理央に押され尻もちをついた三苦の両足の間に理央は正座すると、三苦の股間に手を伸ばす。

「っ……」

「みとまさんの、舐めたい……」

　娼婦のようにぺろりと舌なめずりをする理央にせがまれたら拒むことはできなかった。理央も最後までしたいと思ってくれているのだと思うと、嬉しいのだが同時に申し訳ない気持ちになり、期待に応えなくてはと気負ってしまう。

シャツとスラックスを脱ぎ捨て、裸になった三苫からは紳士的な雰囲気は消え失せ筋肉質な胸板からは野獣の香りがする。

理央は肢体を伏せて、三苫の股間に顔を埋めた。ぶら下がるそれを恐る恐る持ち上げ、まだ柔らかい竿に理央の小さな口が付けられる。

「うっ……りお……」

理央から与えられる弱い刺激に全身の神経が集中する。丁寧に竿や亀頭、裏筋に舌を這わせる理央のおかげで心地よい気持ちよさに包まれる。徐々に三苫のペニスが硬くなってきた。

「ふっ、んんぅ……みとま、さん、きもちい？」

性器を舐め、裸体でかしずく理央の姿は絶景であった。視覚的興奮はこれ以上ないほどなのに、なかなか頭をもたげない己に苛立ちが募る。

「気持ちいいよ」

理央の輪郭を猫をあやすように撫でると理央は嬉しそうに口を開けてぱくりとペニスを頬張った。頬がこけるほどに吸い上げて、苦しそうに鼻から上擦った声が出る。

亀頭が理央の喉奥に当たりその温かさと締めつけに急激に勃起していく。

圧迫感に理央が呻いた。

「ううっ」

射精しそうになり、慌てて理央を引き離した。

「けほっ……」

口元を先走りと唾液でぐちゃぐちゃにし、咳き込む理央が不満そうな面持ちで三苫を見上げる。

三苫のペニスは上向き、膨張していた。アルファのペニスは信じられないほど大きくなる、もはや凶器であったがこれを理央に埋め込むのだ。

「……ありがとう、理央」

理央は瞳を輝かせて嬉しそうにした。

今度は三苫が頑張らなくては、と理央を押し倒し足を開かせる。再び頭をもたげている理央の今度は後ろの窄《すぼ》みへと指を這わせた。

「ああっ」

緊張が走り、きゅっと締まってしまった。

「力を抜いて、僕とセックスするんだろう」

「はい……っ」

理央は三苦の背に腕を回した。

誰も触れたことのない理央の窄みにゆっくりと指を差し入れる。中は熱くて狭い、侵入者である三苦を押し返した。

「あ、はあ……っ、あ、やぁ……」

理央が苦しそうに喘ぐ。ベータになってしまった理央にはそこに男を受け入れる機能は備わっていない。そこへ突っ込もうとしていることは、拷問に近いだろうか。未分化であるうちに番っていれば理央を苦しませずにエッチできただろうか。もしもなんて考えてはいけないと思考を散らす。

番になれなくても、理央がこうして三苦とひとつになりたいと思ってくれている。とても幸せだ。

「痛くないかい?」

「は、はい……なんかへん……」

挿入を深くして、柔らかな内壁を蹂躙《じゅうりん》する度に理央は細い身体を跳ねさせる。

奥のしこりを見つけ刺激すると理央はあられもない声を上げた。

「ひゃあああんッ」

「ここ? 気持ちいい?」

「あぅっ、だめ、そこ……やあ」

指の本数を増やして三苦は容赦なく掻き回した。

身体の内側から生じる快楽に理央は戸惑い翻弄されている、でも清廉さをけっして失わない。素直で一生懸命で、時折手が付けられないほど頑固な理央が三苦の下で震えている。この世にこれ以上の幸福があるのだろうか。

「理央、大好きだ……」

理央が勃起させてくれたペニスを指を引き抜いた

そこへと宛がう。

うっすら涙を浮かべた理央が笑ってくれた。

「あああああ！」

凶器が理央の中を引き裂いていく。身体は悲鳴を上げていたが止められない、衝動よりも感動がふたりを満たし無理をさせた。

「みとまさん……みとまさんっ」

「ああ、理央……」

根元まで埋め込むと息をするのも苦しそうだ。乱暴に突き上げたい気持ちを抑え理央が落ち着くまで三苫はじっと耐えた。

「俺……三苫さんの番になりたかった」

熱に浮かされたように理央が呟いた。

「どうして俺は未分化なんだろうって考えてもしょうがないけど、頭から離れなくて。ベータには嫌われて、オメガの久須美くんたちは優しくしてくれたけれど、本当は嫌われていたんですね……俺が未分化だから」

「理央……」

繋がった箇所から理央の悲しみが流れ込んできた。

「どうせオメガになるんだって諦めていたけど、三苫さんの番になれるなら、三苫さんと添い遂げられるなら、心からオメガになりたいって初めて思えた」

その決意も久須美に叶わぬものにされてしまった。

ぐっと腰を押し上げる。

「あっ」

「繋がっているだろ」

「……はい」

オメガでなくても、ふたりはお互いを求めていた。

「理央が何者であってもいい。僕を感じて、僕で乱れて」

ゆっくりと律動を開始する。突き上げる度に連動するかのように理央が嬌声《きょうせい》を上げ、奥のしこりをしつこく亀頭で擦るとやがて理央の雄蕊《ゆうずい》から白濁が吹き出し腹の上を汚した。

「僕の伴侶になってくれ」

理央は揺さぶられながらも頷いた。

「うぐっ……だめだ、でる」

「あああああっみとまさっ……」

理央の内側に飛沫を注ぎ込む。まるで欲しがっているかのように理央のそこはぎゅっと締まり三苦を誘い込み、蕩ける悦楽に眩暈《めまい》がした。

褥《しとね》の上に沈む理央から一度己を引き抜くと、カリ首がごりごりと中を抉り理央は身悶えた。

理央をひっくり返し、腰を浮かせると今度は後ろから三苦の精液が溢れる穴を貫いた。

「ひゃううぅッ」

内壁が閉じる前にぱっくりと空いた隙間にまたもペニスが嵌められる。

理央の小さな尻をがっしりと摑み、三苦はピストンを繰り返した。

白い背中はシミひとつなくなっていた。理央の未来を暗示していた美しい痣が消えたことは少し残念に思ったが、理央が自由になった証拠であった。三苦はそこへ唇を落として、代わりに花弁のような赤い跡をいくつも残した。

「あっ、あっ、ああっん」

バックから犯していると野獣の気分になる。

ふと意地悪を思いついて、三苦は理央の耳元に囁いた。

「理央、理央、オレのチンコ、気持ちいいか？」

ポタトの声音で卑猥《ひわい》なことを言うと、理央は後ろからでも分かるほどに顔を真っ赤に染め上げた。

「やっ、やめてくださいっ……！　ポタトはそんなこと、言いませんっ」

しかし三苦を咥え込む結合部は締めつけが強くなり、まんざらでもないのかと三苦はにやついてしまう。

「理央はポタトが大好きだもんな」

「す、好きですけど……えっちしたいのは、三苦さんだけです……」

ポタトには敵わないと思っていたけれど、そうではなかった。

恥ずかしそうに拗《す》ねる理央にたまらなくなり、理央を半捻りさせ足を上げさせた。

「あああっあっ……」

「理央……愛してる」

理央のペニスを握り込み、絶頂へと向かう。

「――――ッッ！」

声もなく理央は三苫の欲望を受け止め、何度目かも分からない射精をした。

気怠さの中、汗で肌にはりついた理央の髪を掬ってやる。理央は甘えるようにすり寄ってくる。

番になれなくても、十分なほど幸せだった。


都内にあるライブ会場はファンの熱気に満ちていた。

照明が降り注ぎ暑くなったステージ上には『マイアイドルセレクション』に登場するキャラクターたちと同じ衣裳を身に着けた声優たちが立っていた。

三苫は北條レイと同じ白い軍服を模《も》した衣裳を着て、つけ毛にリボンを結んでいた。まるでレイが三次元に舞い降りたようだとファンは感涙した。

「ようやく会えましたね、私の女神たち。貴女のために我らは喜びの歌を歌いましょう」

用意されたレイの台詞もウインクをしながらミスなく演じられた。観客の求めるがままに、三苫はレイというキャラクターを完璧に舞台上に再現していた。

「レイ！」

観客たちは三苫をキャラクター名で呼び応援する。その中には三苫にキャラクターの力を思い出させてくれたミホコと施設で暮らす子供たちの姿もあった。

人生で初めて仕事をサボタージュした三苫に門野はここぞとばかりに三苫の大嫌いな歌唱の仕事を詰

めてきた。抜け目がなさ過ぎる。理央を助けるために仕事を放棄し迷惑をかけた身としては何も文句は言えず、三苫は理央との逢瀬も我慢して歌や踊りの練習に身を投じた。

そしてライブ本番。

観客席の一番前からはオメガフェロモンの気配があり、事件が起きないかと気が気でなかった。オメガに悩まされる日々は続いている。

割れんばかりの歓声に包まれるのはまんざらでもなかった。だが観客に笑顔を振りまく三苫の頭の中は明日からは歌と踊りの練習をしなくていいという凄まじい解放感が勝っていた。

出番を終えて舞台袖に引っ込むと、運営スタッフのアルバイトとして愛しの理央が興奮した面持ちでタオルとペットボトルを持って寄ってきた。

「三苫さん、すっごく格好よかったですっ」

理央と出会ってもうすぐ一年。晴れて第一志望の大学に四月から進学することも決まり、このライブの試練さえ越えれば夢の同棲生活が始められるのだ。

理央の笑顔に安堵すると、足がもつれて勢いあまって理央に抱きつく。

「ありがと。最前列にオメガがいるみたいだ、ちょっとあてられたかな」

オメガという言葉に理央は頰を膨らませた。

「浮気は駄目ですよ」

「うん。理央のフェロモンで掻き消して。僕を夢中にさせてよ」

理央の髪にキスを落とすと、村田が大げさに咳払いをした。

他の共演者やスタッフの前でいちゃつくなと言いたげな目だった。

「……ところで理央さん？　その服装は？」

理央は水兵のような青と白のマリンセーラーの服に、ラインの入った帽子、手袋をしていた。後ろにいるこれから舞台に出る出演者とお揃いである。

「えへへ」

理央は可愛く回って見せた。

「皆さん、『マーセレ』の応援ありがとうございます。今日から『マーセレ』は新しい階段を登りはじめます。第二弾として……新ユニットをお披露目します！」

プロデューサーである門野の一声に観客席からは悲鳴が上がった。

スタンバイをしていた若手の出演者たちがステージへと走っていく。その中に理央もいた。

「えっ、はあっ？　どういうことだ村田！」

ユニットが紹介され、理央たちは歌を披露する。

混乱する三苫とは対照的に村田は眼鏡の奥の冷静な目でステージを見守っている。

「藤代くんが声優になりたいというのでオーディションを受けてもらい、門野さんが『マーセレ』新キャストに抜擢したのです」

「聞いてないぞ！　理央が声優？　反対だ。声優なんて自営業だから国民健康保険だし、確定申告もしなくちゃならない。オーディションに合格できなきゃ仕事もない、仕事量も給料も安定しない。声だって流行《はや》り廃《すた》りがあるからいつまで仕事ができるか保証はない。そんな将来のない仕事を理央にやらせられるか」

「ここぞとばかりに自分の職業こてんぱんに言いますね。三苫さんが反対することは目に見えていたので内緒にしていたのでしょう」

村田の胸倉を摑んで振り回すが、村田は平然としていた。

「藤代くんは今のところ表現力はまだまだ素人《しろうと》ですが、あの一途《いちず》さと一生懸命さは必ず観客の支持を得るでしょう。門野さんの見る目は確かです。というわけで私は藤代理央のマネージャーになりました。三苫さんこれまでお世話になりました」

頭を下げる村田という超展開に三苫は慌てた。

「はあ!?」

「これからは期待の新星藤代理央の時代です。おっさん声優は引っ込んでください」

村田は『理央LOVE』と書かれたうちわを取り出し、楽曲に合わせて振りはじめた。そうだ、村田はただのファンだった。ファンが推《お》し変することはよくあることだ。村田の推しが三苫から理央に変わった。若い男に乗り換えやがった。

呆れ返った三苫は、がくりと肩を落とした。

歌唱パフォーマンスを終えて舞台袖に戻ってくる理央はきらめきを身にまとっていた。

「三苫さんっ、俺、三苫さんみたいな立派な声優になってみせます。三苫さんにふさわしい相手だって皆に認めてもらえる声優になりますっ」

夢を語る理央に心臓がずぎゅんと撃ち抜かれた。これが、尊いってやつか。一瞬にして理央のファンになった三苫は村田のうちわを奪い取り、滾《たぎ》る心のままに必死に振っていた。

理央には声優になってほしくない。

この子を好きにならないファンはいないだろう。

理央が尊い存在であることは三苫だけが知っていればいいことなのだが。ひとりじめできない悔しさに三苫の心の海原が大嵐になったことを、理央は知る由もない。

理央はお守りであるポタトのフィギュアを取り出し、三苫に見せつけるようにポタトに誓いのキスをした。

契約の証《あかし》である青い豚が約束通り三苫の家の仲間たちのもとに戻る日が目前に迫っていた。

巻末書き下ろし　壱太ＢＬる

プロの声優として、選ばれたい役がある。一番の目標は、王道少年漫画原作の主人公。女の子が夢中になる少女漫画のヒーローに、RPG《ロールプレーイングゲーム》ゲームのスマートな剣士。国民的アニメの可愛《かわい》らしい動物キャラクターにも憧れる。

演じてみたい役はいっぱいある。

逆に、演じることを躊躇《ちゅうちょ》してしまう役も、あるのだ。

芸能事務所ボイスクラウンの一階は、マネージャーたちの事務デスクが所狭しと並んでいる。夏季休暇中のため、人の姿はまばらで、クーラーで冷やされた室内は寒いくらいだった。

今の放送クールにレギュラーの仕事を摑《つか》めなかった壱太《いちた》は帰郷せず、アルバイトに励む夏を送っていた。

目的のデスクまでやってくると、壱太の担当マネージャーであるエキゾチック美人の吉沢《よしざわ》が、挨拶もそこそこに足を組み替えながら台本を差し出してきた。

その顔には、私があなたの仕事を摑んで来てやったのよ、と書いてあった。

壱太は唾を飲み込んで、吉沢の差し出した萌葱色《もえぎいろ》の台本を両手で受け取った。

ぱらり、と後ろのページから捲《めく》る。

書かれた台詞《せりふ》を見、壱太は神妙な面持ちで動きを止めた。

「吉沢さん。俺、こんなに『……』が多い台本、初めて見ました」

「三点リーダーには意味があるのよ。台詞として書かれているからには、何も喋《しゃべ》っていないわけではない。三点リーダーをどう音として表現するか。白岩《しらいわ》の腕の見せ所よ」

吉沢はぐっと拳を握りしめた。熱量がすごい。

何ページも続く三点リーダーを見て、壱太は頰を引き攣《つ》らせた。

「俺に、出来るかな」

「何弱気なこと言ってるのよ。あなた、まさかやりたくないなんて言わないでしょうね」

やりたくないわけではない。ただ、全く自信がない。

ボイスクラウン所属の先輩方が、このジャンルに取り組んでいることは知っていたし、所属前の面接の時に、面接官からやれるかと質問された。その時はイエスと答えた。声優になりたくて、受かりたくて必死だったのだ。否定的な態度をとったら、落とされるんじゃないかと思ったから。

「だ、だってボーイズラブですよ」

ボーイズラブ、以下ＢＬ。男同士の恋愛を扱った女性向け作品。きゅんきゅんしちゃう純愛ものから、ハードなラブシーンの多い濃厚なものまで、少年からイケオジまで、あらゆる男たちが愛ゆえに絡み合う。

壱太が受け取ったのは、ＢＬのドラマＣＤの台本だった。

ＢＬのドラマＣＤの重要な特色として、えっちなシーンがある。

男同士でラブシーンを声だけで演じて、それを耳の肥えたＢＬＣＤユーザーたちに聞いてもらうのだ。恋愛経験もセックス経験も少ない自分が、どうやって演じたらいいのか分からなさ過ぎて、熱心なファンを喜ばせることが出来るとは到底思えず、壱太はめまいがした。

それに、壱太には恋人がいる。いくら芝居でも、壱太がラブシーンを演じるとしたら、恋人に嫌な思いをさせてしまうのではないか。

（永久井《ながくい》さんに、なんて説明しよう……）

壱太の恋人、永久井駿也《しゅんや》。奥手な壱太が人生で初めてお付き合いをしている相手だ。キスをしたのも、身体を重ねたのも、永久井が初めてだった。

録音助手であり、壱太の仕事を支えてくれる裏方である永久井が、ＢＬＣＤの存在を知らないわけがないし、面と向かって壱太の仕事に反対することはないと思う。

　けれど、愛し合う度に壱太を可愛い可愛いと甘やかし、あられもない声を隙あらば録音しようとする、壱太の声に執着を見せる永久井が、壱太がBL作品に出演することを手放しで喜んでくれるだろうか。

　自分の実力がBL出演にふさわしいのか自信がない、恋人になんて説明すればいいのか分からない。不安要素が重なって、壱太は腰が引けていた。

「BLって実力と人気のある声優さんが出るものですし、新人の俺なんかが出て、需要あるのかな」

　BLCDの売上は出演声優の人気に左右される。残念ながら新人の壱太目当てで購入するファンは多くないだろう。

　口を尖《とが》らせながら台本を鞄の中にしまうと、壱太の気弱な態度に吉沢は細い眉毛をぴくりと動かした。

「って言ってますけど、どう思います？　永久井さん」

「需要は、あるな」

「へっ!?　ななな、ながくいさんっなんでここに！」

　いつの間にか、吉沢を挟んだ向こう側に、壱太の恋人である永久井駿也が立っていた。

　伸びてしまった前髪は重たくなり、剃《そ》り残した髭《ひげ》のある見た目は、以前の家に帰る暇もないんです業界人にすっかり戻ってしまった永久井だが、ずぼらな容姿でも気だるげな男の色気がだだ漏れでアフレコ現場での女性人気はとどまることを知らない。

　アルファになったからなのか、壱太と付き合うようになったためなのか、近寄りがたい雰囲気も和らいで、スタッフ間での評判も上がったらしい。

　吉沢の気付かぬところで、永久井は壱太に向かってわずかに口角を上げた。親しげかつ、いたずらっぽい眼差《まなざ》しに壱太は尻尾を踏まれた猫のように飛び上がった。ドキドキすると同時に、嫌な予感がして壱太は身を低くして警戒してしまう。

　永久井は壱太を喜ばせるのが上手いが、壱太を困らせるのも世界一上手いのだ。

「吉沢さんに頼まれて録音した、ボイスクラウン所属声優さんたちのボイスサンプルを納品しに来た」

「永久井さんは仕事が早いっ。受け取りまーす」

吉沢は受け取った封筒を掲げて、頭を下げた。まるで王様から褒賞を受け取った商人のようで、永久井も無表情ながら、満更でもなさそうだ。

付き合うようになり、永久井の細かな感情を近くで観察できるようになったのは、壱太の小さな幸せになっていた。

「白岩さんがBLに出るのか」

知られたくなかった事実が、永久井の口から出て、壱太は心の中で悲鳴を上げた。

「そうなんですよー。私が取って来た仕事なんですけど、この子ったら出るの嫌みたいで」

「……受けですか」

「もち、受けです」

永久井と吉沢は視線を合わせると、同時にサムズアップした。

「ななな、なんでおふたりそんなに盛り上がっているんですか」

「さすが吉沢さん。白岩さんのファンの期待を裏切らない」

抑揚のない声で永久井が絶賛すると、吉沢は胸を張った。

「ふっふっふっ。しかも、お相手の攻め声優は……あのっ三苫佑史《みとまゆうし》よ！」

「えええっ！」

三苫佑史、二十八歳。アルファ声優として十三年前彗星《すいせい》の如く《ごと》現れ、そのたおやかで優美な姿と、ぞくぞくするような低音ボイスで人気を博し、デビューから現在まで声優界の第一線で活躍する大物だ。

「三苫さんがBL出てるなんて知りませんでした。三苫さんと、共演できる……」

BLはその特殊さゆえ、声優自ら出演を断ることや、事務所の方針で出演不可である場合もある。ボイスクラウンの稼ぎ頭、壱太の先輩であるアルファ声優の田子《たご》ゆずるも、ＢＬ出演には慎重だ。

格の違うアルファ声優三苫が、わざわざＢＬに出る必要はないだろう。三苫がＢＬに出ているとは、意外な事実だった。

三苫は新人声優の壱太にとって、雲の上の存在だ。憧れの先輩との共演に、壱太は舞い上がり、そして三苫の名前を聞いただけで、生半可な芝居はできないという緊張感でお腹が痛くなりそうだった。

「な、永久井さん……？」

大騒ぎする壱太と異なり、永久井はそっと口元を手のひらで覆い隠し俯《うつむ》いてしまった。

恋人の仕事に理解がありすぎる永久井も、オメガの壱太が人気アルファ声優とＢＬで共演すると知り、さすがに狼狽《うろた》えているのではないか。

「……吉沢さん」

「永久井さん落ち着いてくださいっ」

ずいと前に出た永久井が、吉沢に文句を言い出すのではないかと、壱太は咄嗟《とっさ》に永久井の服の裾を摑んだ。

「白岩さんの初ＢＬ作品の相手が三苫佑史……神キャスティングでは」

永久井は声を震わせ汗を滴らせながら、世紀の大発見をした発明家みたいな表情をしていた。

「ＢＬ界のホワイトナイト三苫佑史。降参ですね、はい。購入と鬼リピ決定です」

「同志！」

吉沢と永久井は、固い友情の握手をしていた。

二人の異様な盛り上がりに、壱太はけっして初ＢＬ出演から逃れられないことを悟った。

ＢＬの仕事を恋人にどう説明しようという、数分前の自分の悩みは杞憂であったことを知り、安心したというよりも困惑が大きい。

なんでそんなに喜んでいるの、この人。

「ほ、ホワイトナイトって、なんですか」

お祭り騒ぎのふたりに壱太は、諦めと疲労が混じった声で弱々しくツッコミを入れた。

収録スタジオの小さな休憩スペースで、壱太は自動販売機から出てきたペットボトルを取り出すために腰を曲げた。

いつもなら自宅近所のコンビニで軽食と共に飲料水は購入するのだが、今日は寝坊をしてしまったのだ。

台本を受け取ってから一週間。あっという間に壱太の初ＢＬ作品の収録日はやってきた。

「ちゃんと台本は読み込んできた。事務所にあった先輩が出演しているＢＬＣＤも聴き込んできた。準備は怠ってない。うん、相手があの三苫さんでも大丈夫。落ち着け俺」

呪文のように唱え、ペットボトルの蓋を開ける。

仕事に集中しようとしても、永久井のことが頭に浮かんでしまう。

結局、あの日から永久井とじっくり話せる時間はなかった。

声優として、ＢＬ出演に反対されなかったことは、有難いことだ。

しかし、吉沢とはしゃいでいた永久井の本心を測りかねていた。

「永久井さん、俺が他の男の人とラブシーンやっても、平気ってことだよな」

疑似的にセックスを演じても、永久井にとっては大したことではないのか。

恋人としては、自信をなくす。

「ダメダメ。嫉妬してくれないから落ち込むって、面倒で嫌われるオメガの典型だよ」

永久井に自分だけを見ていて欲しい。自分のことで日常生活に支障が出るくらいに、振り回してしまいたい。まさか自分にこんなに粘度の高い欲があったなんて思わなかった。オメガの特性ゆえなのだろうか。

度が過ぎれば永久井を困らせるだけだ。

平常心を取り戻そうと、ペットボトルに口を付けて、飲料水を流し込んだ。

「おはようございます」

背後から声を掛けられて、壱太は驚いてむせてしまった。

「あ、ごめんね」

ごほごほしている壱太に、男性はハンカチを差し出してくれた。

シンプルなデザインにブランドロゴの入った黒いハンカチ。好意に甘えて受け取ると、いい匂いがした。

顔を上げると、ハンカチと同じブランドのジャケットを着た美丈夫が、申し訳なさそうに眉を下げていた。肩幅と身幅が合った細身のジャケットをスマートに着こなし、清潔感溢《あふ》れる立ち姿には誰でも好印象を抱くだろう。

声優雑誌やインターネット動画で見慣れた顔を見て、彼は本当に同じ世界に実在したんだと、ときめきと緊張で壱太は飛び上がった。

「ほ、ホワイトナイト」

「ん?」

「わーっ、何でもないです。すみませんっ。おはようございます」

直角に頭を下げて、本来ならば後輩の自分から挨拶をしなくてはならないのに、大先輩に先を越されてしまったことに、壱太は猛省した。

永久井が余計な知識を教えてくれたものだから、彼の顔を見てつい口に出してしまった。

ホワイトナイト三苫佑史。この人が演じればどんな役どころも、白亜の騎士のように紳士で愛情深い人物像に様変わりする。三苫佑史に冠されたBL界における通称だった。

「今日の共演者は君だよね。初めましてでよかったかな」

柔らかく心地よい声。何度もキャラクターを通じて聞いてきた三苫の生声に、壱太は心の中で興奮していた。あくまでも仕事でお会いしているのだ。表情には出さないようにと、気を引き締める。

「はいっ。ボイスクラウン所属の、白岩壱太と申します。本日はよろしくお願いいたします」

笑顔を見せていた三苫が、首を捻《ひね》ったかと思うと壱太の顔を覗《のぞ》き込んできた。

距離が近くなり、壱太は後ずさり顔を下に向けた。

「あっ、無礼だったね。素敵な瞳だなって思ったものだから、ごめんね」

三苫は恥ずかしそうに頭を掻《か》いた。

壱太はオメガの特徴である紫色の瞳を隠すために、コンタクトレンズを入れている。永久井はお付き合いをする前、いち早く壱太の瞳の違和感に気付いていた。アルファである三苫も、本能的に壱太がオメガであることを感じ取ったのかもしれない。

三苫は、どうして自分が初対面の人間に失礼なことをしてしまったのか、不思議そうに腕を組んだ。

「すみませんっ。距離が近いのは、緊張してしまうので」

三苫に気を遣わせないように、言葉を選びながら距離をとる。

壱太はオメガであることを公表していない。吉沢から、共演者やスタッフにも明かさないようにと言われている。

それだけではない。

台本を受け取った日。永久井とひとしきりはしゃいだ吉沢は、永久井が帰ってから壱太に耳打ちした。

「絶対に三苫佑史に白岩がオメガだって、バレないようにするのよ」

「え……」

「三苫佑史はオメガとの共演は避けてるって噂なの」

「そ、そんな。俺、共演していいんですか」

憧れの先輩に共演NGがある。しかも自分が対象に当てはまっていることに、壱太は落胆した。

「噂よ、噂。事務所が公式で通達してるわけじゃないんだけどね。あれだけのイケメンで人気のあるアルファだからね。オメガがお近づきになりたいと思うのは当然だろうし、三苫佑史も苦労してるんじゃないかと、想像はできるわ」

永久井がオメガ女性に付きまとわれて、悩まされていた時期があったという話を思い出す。

オメガは社会的弱者になりやすい。ゆえに、より優れたアルファの番《つがい》を持つことが幸せへの近道なのだと、思い込んでいるオメガがいるのも事実だ。

その思い込みの強さにより、言い寄られる側のアルファが困り果ててしまうのも、想像に容易《たやす》い。

「三苫さんのためにも、出演を断った方が……」

嘘をついて、三苫を傷つける可能性があるならば、共演すべきではないと壱太は思う。

「噂だってば。もしバレてもこっちに非はないわよ」

「でも」

落ち度はなくとも、三苫側との信頼関係を壊すことにならないか。

それに、どのくらい三苫がオメガを嫌厭しているのか、分からない。バレたら冷たく当たられるだろうか、黙っていたことを怒られるだろうか。尊敬する先輩声優に嫌われるのは、しんどい。

「アルファってオメガを嗅ぎ分ける勘が冴《さ》えているんですよ。俺なんかが隠し通せる自信ないですよ。無茶な仕事させないでくださいっ」

あの優しそうな三苫に蔑まされることを妄想して、壱太は行き場のない感情を吉沢にぶつけてしまった。

「うん。ごめん。この件は三苫さんの事務所とマネージャーに相談しとくから」

壱太が取り乱したものだから、吉沢は反射的に謝って妥協案を出した。

出演を断るという選択肢はないらしい。吉沢のタレントの実績作りと利益優先という本性が透けて見えた。

不満はありながらも、吉沢と永久井が頼りない新人声優に期待を寄せてくれていることは十分に分かっていた。

それに、三苦と共演してみたいという好奇心もあった。

プレッシャーを勇気に変換して、オメガだとバレないようにフェロモン抑制剤を飲んで、コンタクトレンズを装着して、寝坊はしたが準備万端で壱太は収録に望んでいた。

「収録開始します。三苦さんと白岩さん。ブースに移動お願いします」

「はいっ」

手招きされ、返事をした相手は、いるはずのないよく見知った相手で壱太は瞬きを繰り返した。

「永久井さんっ⁉」

壱太が大声を上げる。

「ああ、佐久間《さくま》音響監督のところの録音助手さんだ」

三苦も永久井のことを知っているらしく、永久井に向かって爽やかに挨拶をした。

永久井はそっけなく、首だけを軽く縦に振った。


今回のドラマCD収録の制作会社は、永久井とは全く関係がないはずだ。今日の参加スタッフに永久井がいないことは確認済みだった。

なのにどうして、ヘッドフォンを首にぶら下げて、めちゃくちゃ録音する気満々の様子の永久井がここにいるのか。どうしてこの人はこうも神出鬼没なのか。

壱太は永久井を摑まえて、引きずり、三苦が録音ブース内へ入ったことを確認して、強く握りしめた両手の拳を上下に振った。

「なんで永久井さんがここにいるんですかっ」

声を潜めるが、焦るあまりに責め立てる口調になってしまう。

「話すと長くなるが、要約するとコネクションをフル活用して、収録スタッフに入れてもらった」

壱太が苛立《いらだ》ちを深めると、いつも通りのはずの永久井がひどく冷淡に見えてくる。

「何考えているんですか。参加するならどうして教えてくれなかったんですかっ」

　他社が担当する現場に、やりたいと言って簡単に参加できるはずがない。永久井は相当の無茶をしたはずだ。どうしてそんなことをするのか、さっぱり理解できない。

　永久井は嘆息した。

「君に教えたら、嫌がると分かっていたからだ」

「うっ。当たり前です……いつものアニメじゃないんです。ＢＬです。永久井さんに俺の芝居、聴かれたく、ないです」

「だが俺は聴きたい」

　永久井は壱太が話し終える前にかぶせてきて、清々しく明言した。

　言い返そうと息を吸い込んだ瞬間、永久井の大きな手のひらが壱太の口を覆った。

　今度は永久井が声を潜め、壱太の顔を覗き込む。長い前髪の下で永久井が目を細めた。

「壱太はベッドの中では絶対に録音させてくれないだろう。俺が何度頼んでも、いくらご機嫌をとっても」

　まるでこれまでの恨みつらみを吐露するかのように、永久井の声はおどろおどろしくなった。

　頬のラインをなぞられる。くすぐったさよりも、ぞわりとしたものが背中を走った。

「ゆ、許すわけない、です」

強気に言い返したつもりが、声が掠れた。

　いくら恋人だからといって、セックスしている時の声を録音したいなんて、ありえない。芝居ではない、素のままのえっちな声を後から自分で聴き返したいとは思わないし、声フェチの永久井に何度も聴かれ、挙げ句真面目《まじめ》に分析をされてしまったら、たまったものではない。

　恥ずかしすぎて、永久井の顔を見られなくなるだろう。

　永久井は悪魔のような笑みを浮かべた。

「俺が壱太のえっちな声を、堂々と録音できるチャンスを逃すわけがないだろ」

永久井の壱太の声を録音することへの情熱が、予想をはるかに上回るものだと知り、壱太は凍り付いた。

これは自分が永久井の要望を、のらりくらりと拒否してきた報いなのか。

恥ずかしいからと己の感情を優先し、恋人の永久井を甘やかすこともできなかった、自分の落ち度なのか。

記憶を振り返って、自分の粗探しをしたが、ふと正気に返る。

永久井の迫力に思わず流されそうになったが、思い直した壱太は負けじと怒りをぶちまけた。

「って俺が悪りいわけねろ！　どごがすこで録音すたがるどが、恋人いえどありえねだべ！」

「！」

感情のままに口に出したので、標準語を忘れてしまったようだ。

さすがの永久井も、素直で穏やかな壱太が強く怒ったことに驚いたのか、後方へと飛び退《の》いた。

言い過ぎただろうか。いや、この人の録音癖を止めるには、はっきり伝えないとダメだ。

永久井は険しい顔になると、左手をデニムのポケットに突っ込み、レコーダーを取り出し、下剋上を果たした武将のように口角を吊り上げた。

「……方言で怒る壱太。録音完了」

「なっ！　無許可で録音しないでくださいっ」

レコーダーを取り上げようと飛びつく壱太をかわして、永久井はご機嫌な足取りでコントロールルームへ入っていく。

まったく懲りてない。

壱太が呆《あき》れて項垂《うなだ》れていると、録音ブースに入ったはずの三苫が出てきた。

「白岩くん。早くおいで」

三苫の手には、開いたままの台本があった。三点リーダーの多い台詞に、三苫が書き込んだ跡がちらりと見える。

大先輩も、今日のBL収録のために準備をしている。三苦が向けてくれた邪気のない笑顔に、壱太は冷静さを取り戻した。

「白岩くん？」

噴出した怒りを忘れようと、両頬を叩《たた》く。

永久井がいようがいまいが、真剣に仕事に取り組むことに変わりはない。

むしろ聴いてくれるというならば、三苦の恋人役を完璧に演じて、永久井を嫉妬と後悔の渦に落としてやる。

「はい、お願いします」

対抗心に燃えた壱太は決意を込めて返事をし、力強く前へ踏み出した。


初めてのBLCD収録は順調に進んだ。

いざ台詞が口から出れば、壱太のいる録音ブースから、コントロールルームにいる永久井の顔は見えないので気にならなかった。

それよりも、録音ブース内における三苦の臨機応変な振る舞いに、壱太は圧倒されていた。

演出家から指示を受けると、すぐに芝居を修正してくる。演出家が迷いを見せると、キャラクターとしての心情の動きを整理し、三苦の考える芝居の方針を打ち出す。

そしてそれが採用されるというのは、新人の壱太にはないことだった。

「ここは遠くから僕が声を掛けるから、同じ距離感で返してね」

「分かりました」

「ドラマCDはアニメと違って画《え》に合わせる必要がないから、台詞を紡ぐタイミングは自由度が高いけれど、画がない分の情報量は僕たちの芝居でカバーしていかなきゃならない。特に距離感は大切にしないとね」

「はいっ」

経験の少ない壱太を紳士的に引っ張ってくれる三苫に、壱太は徐々に緊張を忘れて、心を開いていく。それは自然と、恋に落ちていく作品の主人公たちと重なり、甘酸っぱい空気が録音ブース内に広がっていった。

しかし、セックスシーンになると、壱太の頭の中は真っ白になってしまい、ど素人《しろうと》同然のＮＧばかり出してしまった。

「ダメ。硬すぎ。気持ちよさそうじゃない。白岩さんお尻で気持ちよくなった経験ないの！」

「すすすすすみませんっ」

熱くなった演出家が、コントロールルームからマイクを通じて、イエスともノーとも言いづらいセクハラワードで壱太を責め立てる。

情けないやら恥ずかしいやら、混乱した壱太は咄嗟に頭を下げたのだが、目の前の収録マイクに頭突きをしてしまった。

「いたあっ」

「白岩くん大丈夫!?」

隣にいた三苫が素早く寄り添ってくれた。

「白岩さん怪我《けが》してないですか。一旦中断します。トークバック切ります」

どのスタッフよりも早く永久井がコントロールルームから、声を掛けてくれ、慌てずに他のスタッフに指示を出していた。

三苫に促されて、後方のパイプ椅子《いす》に座る。

「ぶつけたところ、見せて」

「はい……」

痛む額を押さえていた手を離すと、目の前にしゃがんだ三苫の手が壱太の前髪を掻き分けた。

「えっ」

三苫の手が止まったことを不審に思い、壱太は三苫の顔を見上げた。

瞬きを繰り返し、ひどく動揺している三苫がそこにいた。

咄嗟に壱太は下を向いて、両腕で顔を隠した。

頭をマイクにぶつけた際にコンタクトレンズが外れてしまったらしい。

気付かれた。三苫に、オメガの証《あかし》である紫色の瞳を見られてしまった。

(どうしよう……!)

ブース内に入ってきた永久井が三苫と壱太の異変に気付くと、録音ブースとコントロールルームを隔てているガラス窓のブラインドを閉めて人の目から壱太を隠した。慌てて入ってきたスタッフから救急箱を奪い取ると、人払いをしてくれ、録音ブース内には三人だけとなった。

「白岩くん……君は」

尊敬する先輩の戸惑う声が耳に痛い。突き刺さるような視線に、侮蔑と疑心を感じた。

三苫に非難されると思い、壱太は身を硬くした。

すると、永久井が三苫を押しのけて、二人の間に立った。

「永久井さん」

「血は出ていないようだな」

「はい、もう痛くないです」

永久井が怪我の心配をしながら、三苫の食い入るような視線からも守ってくれているのだと分かる。

壱太がオメガだと、バレてしまった。よりによって、オメガ嫌いと噂の三苫にだ。

どうしたらいいのか分からず、思わず永久井の袖を摑んで、縋《すが》ってしまう。

永久井は壱太の手を励ますように握り返すと、三苫に向き直った。

「三苫さん。俺と壱太は番だ」

「え」

「はいっ!?」

永久井の突然の告白に、三苫はあっけにとられていた。

壱太がオメガであるということを通り越して、二人の関係を暴露されて、壱太は驚きのあまり素っ頓

狂な声を上げていた。

「なななな永久井さんっ、何を言い出すんですかっ」

オメガであることは三苫に勘づかれてしまったが、永久井と恋人同士であることは、気付かれていなかったはずだ。わざわざ表明する永久井の考えが分からない。

「あなたがオメガの壱太に対して、アルファとして接するというのならば、断固拒否する」

回りくどい言い方に壱太は理解をするのに苦慮したが、つまり、アルファとして壱太にちょっかいを出すな、口説くなということだ。

「三苫さんに失礼ですよっ。超ハイスペック声優の三苫さんが、俺なんかを恋愛対象にするわけが」

「自分の地位も相手の都合も関係ない。どうしようもなくオメガが欲しくなる。それがアルファだ」

永久井は真剣な面持ちで熱弁する。

それがアルファである永久井の実体験だと分かり、その対象が自分なのだと気付かされた。壱太は顔が熱くなった。同時に愛《いと》おしさが込み上げてきて、胸がつんと苦しくなる。

壱太を守り、三苫に怯《ひる》むことなく向かい合った永久井の背中に今すぐ抱きつきたくなった。

それまで言われるがまま呆然《ぼうぜん》としていた三苫が、笑い声を上げた。

「君たちはアルファとオメガで、うまくいっているんだね。少し、羨ましいな」

笑い涙を拭いながら、三苫は小さく呟《つぶや》くと、永久井にまっすぐ言い放った。

「僕はオメガに見境のないアルファに見えるのかな。録音助手さんの大切な人に、手を出すなんて無粋なことはしないよ」

三苫の壱太への疑心はなくなり、穏やかさを取り戻していた。

永久井は戦闘態勢であったところを、三苫に紳士的にかわされてしまい、振り上げた拳を素直に下げられず、言葉を詰まらせていた。

「白岩くんは、僕がオメガ嫌いだって噂を聞いたのかな。オメガだからといって、一方的に嫌いたくはないと思ってはいるんだけど。どうもオメガに対しては苦手意識が強くてね。君には嫌な思いをさせてしまったかな。ごめんね」

「そんな。俺こそ、黙っていてすみませんでした」

二人して頭を下げていた。

吉沢に三苫にはオメガであることを秘密にするようにと指示されていたが、やはり三苫を騙《だま》しているという罪悪感は拭えなかった。申し訳ないという気持ちと、もう秘密にしなくてもいいということに、安堵感《あんどかん》を覚えた。

場がまとまったことを知り、永久井は壱太がぶつかったマイクの位置を直し、損傷がないか確認する。

それから絨毯《じゅうたん》の上に目を凝らして、壱太の落としたコンタクトレンズを見つけてくれた。

「収録は続けられそうか?」

「はいっ。でも、三苫さんは、本当にオメガの俺と芝居を続けてもいいんですか」

「君、抑制剤飲んでるだろう。僕の体調と精神は問題ないよ」

「三苫さんがオメガと共演できないと言うなら、俺の録音した壱太の声を作品に提供してもいいが」

さらりと言った永久井の提案に、壱太は敏感に反応した。これから収録するのは三点リーダーの多いえっちなシーンだ。そのシーンに音源提供をする、だと。

「ながくいさんっ。待ってください。録音してあるんですか。俺、やめてって言いましたよね」

詰め寄る壱太に、永久井は素知らぬふりをしている。

三苫は大らかに笑って、台本を握りしめマイク前に立った。

「まさか。最後までやらせてもらうよ。後輩声優を気持ちよくいかせてあげるのも、先輩攻め声優としての務めだからね」

紳士的な三苦から、永久井の挑発に対抗した攻めらしい発言が出て、壱太はドキドキした。

三苦は壱太へ、手を差し伸べた。

「やるよ。白岩くん」

「……はい！」

先輩声優に力強く導かれて、壱太は三苦の手を取り、永久井の直してくれたマイクの前に立った。

永久井はそれ以上何も言わず、録音ブースから出て行った。

何事もなかったかのように演出家から収録再開を告げられる。

初めてのえっちなシーンの収録に、壱太は戸惑いながらも、隣で共に芝居をする三苦と裏方で見守ってくれる永久井に支えられて、役を演じきることが出来た。


無事に収録が終わり、作品宣伝のためのインタビューを受けた後、帰ろうとしていた三苦に声を掛けた。

「三苦さん、今日は本当にありがとうございました」

「初めてのBL、お疲れ様でした。受けは息芝居が多いから体力使うよね」

キスや喘《あえ》ぎといった言葉ではない芝居。受けと攻めの、相手の反応を見ながら次の演技を紡いでいく、息を合わせての繊細な表現。BLならではの苦労の連続で、壱太は三苦についていくだけで精一杯だったが、同時に手応えも感じていた。

一対一の濃厚な芝居。きっとこの経験は、これからの壱太の声優人生に役立っていくだろう。

永久井が片付けのために録音ブースに入ってきて、また三人が顔を合わせた。

「あの、どうして三苦さんはBL作品に出演を続けているんですか」

共演してみて、声優としても人間的にも、三苦は尊敬できる人だと感銘を受けた。

そんな三苦が、ＢＬという特殊な作品に長いこと関わっている理由をどうしても知りたくなった。

三苦は壱太からの突然の質問に、意外そうな顔をし、照れくさそうに耳の後ろのあたりを掻いた。

「確かにＢＬ作品は嫌厭する人もいると思うけど、僕の尊敬する諸先輩方は、皆さんＢＬ作品の創成期に真剣に取り組んでいたんだ。先輩たちの努力があったからこそ、今でもＢＬ作品に僕たち声優は必要とされている」

ゆっくりと目を伏せた三苦が、敬愛する先輩声優を思い浮かべているのだと分かった。

「だからね、僕は先輩たちの成果が途切れることのないように、繋《つな》いでいきたいんだ。出演依頼が来る限りは、ＢＬ作品に携わっていこうと決めてるんだよ」

気持ちのいい笑顔を残して、三苦は次の仕事があるからと、帰っていった。

三苦を見送った後も、壱太は三苦の想いを反芻《はんすう》していた。

「大人気声優は格が違いますね」

壱太が感嘆の声を上げると、永久井はコードを束ねていた手を止めた。

「三苦さんは録音でも全くこちらに迷惑をかけない。リテイクはほぼないし、完璧と言っていい人だ」

「俺、自分のことで精一杯で、俺がＢＬに出演できたのは、今までたくさんの先輩たちが頑張ってきた結果だなんて、考えてなかった。三苦さんは本当にすごい人です」

心から尊敬する先輩に出会えたことは、この上ない幸せであるということを嚙《か》み締める。

「……恋人に他のアルファをべた褒めされると、妬けてくるな」

拗《す》ねた永久井はコードを放り出して、三苦が使っていたパイプ椅子に腰を掛けた。

「永久井さん、俺がＢＬに出るって、相手が三苦さんだって知っても、そんな素振りしなかったじゃないですか」

壱太も自分に用意された椅子に座って、二人は横に並んだ。

「君の仕事だからな。物わかりのいい、大人のふりをするに決まっているだろう。君に迷惑を掛けたくないからな。でも君がオメガだと三苦さんに知られて、血迷った」

暴走したという自覚はあるらしい。眉間《みけん》に皺《しわ》を寄せて、項垂れている。

壱太は三苦にオメガだと知られたら、軽蔑されるのではないかと恐れてばかりいたけれど、永久井は三苦が壱太に惚《ほ》れるのではないかと考えていたのだ。

壱太の思いつくことのない心配をしていた永久井が、とても可愛く見えてくる。

「恋人としては、俺の可愛い壱太の淫《みだ》らな声を、三苦さんや他のスタッフに、ましてや日本中の耳の肥えたBLファンに、聴かせたくないに決まっているだろう」

「永久井さん……」

永久井は眼球だけを動かし、隣の部屋との間のガラス窓にブラインドがかかっていることを確認した。

「俺の壱太の可愛い声を、日本中に聴かせて回って自慢したいという欲もあるが。世間の壱太への評価は低すぎる。俺の白岩壱太秘蔵コレクションを公開すれば、世間の注目を集められるだろうか」

「ひ、秘蔵コレクションって……」

先ほど永久井が音声を提供すると言ったことを思い出し、いつどこで録音したものかも分からないものを、世間に聞かれることを想像し血の気が引いた壱太は全力で首を横に振った。

「それはダメなやつです。絶対絶対ダメですっ。公開したら絶交しますっ」

「絶交って」

壱太の子供っぽい反抗に、永久井さんは腹を抱えて笑い出した。

「笑いごとじゃないです」

壱太が口を尖らせると、永久井がそっと手を伸ばし、頬に触れる。
目が合うと、ごく自然に永久井の顔が近づいてきて、壱太は目を瞑《つぶ》った。
ほんの少し触れただけで、すぐに離れていってしまった唇の感触が名残惜《なごりお》しい。
立ち上がった永久井が満足そうに頷《うなず》いた。
「いい芝居が録音できた」
永久井の飾り気のない賛辞が、壱太の心を歓喜させる。
壱太は紫色の瞳を潤ませて、世界一大好きな恋人に抱きついた。

あとがき

はじめまして、こんにちは。温井ちょもと申します。この度は『新人声優のオメガな初恋―トランススペックラヴ―』をお読みいただき、誠にありがとうございます。『トランススペックラヴ』、『イノセントアレンジドマリッジ』は略してトラスペとイノアレと呼んでいただけたら嬉しいです。

こちらの二作はビーボーイ小説新人大賞にて期待賞をいただき、雑誌掲載を経て、この度書籍化となりました。

トラスペの原型作品を書いていたのは二〇一六年夏でした。執筆当時、まだオメガバースの商業BL作品は少なく、書き上げてはみたが特殊な設定の作品を新人賞に投稿して、どう評価が転がるのか、予想できませんでした。懐の深そうなビーボーイさんなら受け止めてくれそうだと思い、博打気分で投稿したので、受賞を知った時は驚いて手が震えまくっていました。初受賞作がデビュー作になり、憧れのあとがきを書いているとは、未だ夢のように感じております。

改稿と書き下ろしのために、久しぶりに壱太たちに向き直り、幸せな時間を過ごすことができました。改稿はなかなか苦戦しました。書き下ろしはずっと温めていた話なので、こうしてお披露目することができて、嬉しい限りです。雑誌掲載版をお読みいただいた皆様にも、楽しんでいただけましたら、幸いです。感想がありましたら一言でも編集部へお寄せくださいませ。

今回お忙しい中、素敵な挿絵を添えてくださったままじ先生、雑誌掲載時にイラストを担当くださった藤村綾生先生、デザイナーの伊南美はち様、担当編集様、制作と販売に携わってくださいました皆様、お力添えありがとうございました。長きに渡り応援してくださった友人たち、雑誌掲載時と今回と、お読み下さった読者の皆様。月並みですが、皆様の支えで、ここまで来られました。本当にありがとうございます。

そして、いつも多くのキャラクターに声という命を吹き込み、私たちを楽しませてくれる声優さんたちへ、心からの感謝を捧げます。

また皆様にお会いできますように。

温井ちょも

◆初出一覧◆

トランススペックラヴ　　　　／小説ビーボーイ(2018年秋号)掲載
イノセントアレンジドマリッジ／小説ビーボーイ(2019年秋号)掲載
巻末書き下ろし　壱太BLる　／書き下ろし

BBN B・BOY NOVELS ビーボーイノベルズ

SLASH B・BOY NOVELS ビーボーイスラッシュノベルズ

毎月19日発売！

新書判

「発情」シリーズ 岩本 薫 ill／北上れん

「眷愛隷属」シリーズ 夜光 花 ill／笠井あゆみ

「最凶の恋人」シリーズ 水壬楓子 ill／しおべり由生

多彩な作家陣
美麗なイラスト
恋心が溢れ出す
BL小説レーベル！

試し読みもできる♥
ビーボーイ編集部公式サイト
https://www.b-boy.jp

ビーボーイノベルズをお買い上げいただきありがとうございます。
この本を読んでのご意見・ご感想をお待ちしております。

〒162-0825 東京都新宿区神楽坂6-46
ローベル神楽坂ビル4F
株式会社リブレ内 編集部

アンケート受付中
リブレ公式サイト　https://libre-inc.co.jp
TOPページの「アンケート」からお入りください。

BBN
B●BOY NOVELS

新人声優のオメガな初恋 －トランススペックラヴ－

2022年3月20日　第1刷発行

著者——温井ちょも

発行者——太田歳子

発行所——株式会社リブレ

〒162-0825
東京都新宿区神楽坂6-46ローベル神楽坂ビル
営業　電話03(3235)7405　FAX 03(3235)0342
編集　電話03(3235)0317

印刷所——株式会社光邦

定価はカバーに明記してあります。
乱丁・落丁本はおとりかえいたします。

この書籍の用紙は全て日本製紙株式会社の製品を使用しております。

Printed in Japan
ISBN978-4-7997-5652-2